버리자. 쓰자,
그까짓 거!

잃어버린 나, 사라진 꿈을 어디서 찾을 수 있을까요?

버리자. 쓰자,
그까짓 거!

작가
교실

우리들의 노래

"버리자. 쓰자, 그까짓 거!"

이 책의 저자들은 중년 여성들입니다. 우리는 인생의 황금기를 엄마로, 아내로, 직장인으로 치열하게 살아왔습니다. 그렇게 살다가 어느 날 문득, 뒤돌아보니 내가 보이지 않았습니다. 정신이 아득해지면서 내 모습이 한없이 초라하고 서글퍼집니다. 잃어버린 나, 사라진 꿈을 어디서 찾을 수 있을까요?

자의 반 타의 반으로 나래학당 글쓰기에 참여한 우리는 이름도 얼굴도 몰랐지만, 글을 쓰면서 하나가 되어갔습니다. 난생처음 글쓰기를 시작한 사람, 글을 쓰다가 중단하고 있던 사람, 글쓰기를 계속하고 있는 사람 등 다양한 이들이 모여서 12주 동안 쓴 글을 내어놓습니다.

글 쓰는 과정이 쉽지는 않더군요. 포기하고 싶은 마음에 도망쳐 보기도 하고, 드러내고 싶지 않은 자신의 모습을 보며 부끄럽기도 했습니다. 하지만 "글쓰기는 재능이 1%이고 99%가 연습입니다."라며 격려해주시는 선생님의 말씀을 따라 매주 꾸준히 글을 써 내려갔습니다. 구글 문서에 글을 공유하고 서로의 글을 읽으면서 우리는 서로에게 작가이면서 독자가 되어주었습니다. 그리고 이렇게 글이 완성되어 간다는 사실이 놀라웠습니다. 처음에는 한 줄을 쓰기도 어렵던 글이 한 페이지, 두 페이지로 늘어가는 것을 보며 감격스럽기도 했습니다.

　우리는 글을 쓰면서 잃어버린 나를 이해하고 사라진 꿈을 찾고 있습니다. 우리의 글에는 우리가 살아온 과거와 현재, 그리고 미래의 희망이 고스란히 담겨 있습니다. 글을 쓰는 동안 과거의 나를 바라보며 애썼다고 다독이기도 하고, 행복한 추억을 떠올리며 웃음 짓기도 하면서 우리는 켜켜이 쌓였던 감정을 내려놓으며 치유를 경험해 왔습니다. 그리고 비로소 미래의 나를 그릴 수 있었습니다. 미래는 여전히 희미하지만, 소녀 시절의 꿈과는 또 다른 희망을 쏘아 올리기 시작했습니다. 억지로 시작한 글쓰기가 이렇게 좋을 줄이야! 마음껏 써보자. 그까짓 거!

문성미, 신수정, 이성은

| 차례 |

■ 서문   · 05

문성미

마음을 깨운 사랑의 메아리   · 15
잊지 못할 계절, 그해 가을   · 22
엄마의 외출   · 28
약국 밖의 새로운 세상   · 30
굿판   · 37

신수정

버리자. 쓰자, 그까짓 거!   · 46
내 인생 최고의 여행   · 48
때문에/덕분에   · 55
돌고 도는 인생 그 지루함과 특별함에 대하여   · 59

이성은

아버지의 노래 · 66

상처 속에서 꽃은 피고 · 80

달콤살콤 내일을 꿈꿀까나 · 87

너의 마음을 말해봐 · 93

천상의 아름다운 여인 · 102

정향옥

가족이란 이름의 꽃 · 115

어느 청년의 눈물 · 121

나를 작아지게 하는 요인들 · 126

불암산 · 131

정은경

봄에 익은 감	· 143
늪에서 빠져나오기	· 146
인생 소풍	· 150
게릴라 가족	· 154

오순옥

가족이란 울타리	· 162
우리 엄마가 좋아	· 167
마음의 길을 찾아서	· 171
여우의 꿈	· 175
기다림도 사랑	· 179

안만호

미얀마에 흐르는 희망의 시내	· 184

문성미

마음을 깨운 사랑의 메아리

잊지 못할 계절, 그해 가을

엄마의 외출

약국 밖의 새로운 세상

굿판

♣ 문성미 스토리

문성미는 자신을 이해하지 못하는 세상에 태어났습니다. 어렸을 때는 자기표현에 익숙하지 않고 소극적인 데다가 얌전하여 의사소통에 어려움을 겪었고 주변 사람들에게 보이지 않는 존재처럼 느꼈습니다.

또한, 소아마비를 앓아 다리 저는 것으로 인하여 혼자만의 세계 속에서 자기표현의 방법으로 그림 그리기 대회에서 수상하며 교무실 앞에 작품이 전시되기도 했습니다. 초등학교 시절에는 개구쟁이들의 놀림을 받기도 했지만, 아이들 앞에서는 눈물 한 방울 흘리지 않는 옴팡진 성격이었습니다. 친척들은 언니에게만 관심을 주어 언제나 동그랑땡만 빚는 환영 받지 못한 둘째 딸이었습니다.

아버지의 빚으로 인해 집안의 가세가 기울자 어머니는 점쟁이를 찾아다니며 위안을 얻었습니다. 그러나 동네 어른의 삶을 보고 어머니의 마음이 변해 교회로 가게 되었고, 성미는 그곳에서 새로운 소속감을 찾았습니다.

성가대원이 된 성미는 철야 기도회에서 어린 나이에 방언을 받기도 했습니다. 감성적인 성격을 한껏 살려 고등학교 시절에는 문예반에서 활동하면서 시와 수필을 쓰며 작가의 꿈을 꾸었고, 신체적 어려움에도 불구하고 약학과 진학이라는 목표를 이루기 위해 열심히 노력했습니다.

약국을 경영하던 중 자주 오던 청년과 만나 결혼을 했습니다. 시댁의 보수적인 유교적, 기독교 사상에 제약을 느껴 심한 갈등을 겪었고 고통을 감내하며 살았습니다. 남편의 병간호를 위해 약국을 접고 원주기독정신병원으로 이전하여 약사로 일하면서 더 깊은 목적의식을 찾게 되었습니다. 약을 조제하고 난 후 환자들과 함께 소통하고, 알코올 환자들을 위한 재활 프로그램을 진행하고, 직원들과 함께 기도회를 열었습니다. 명절 때는 동남아시아로 의료 선교를 떠나기도 하면서 하나님 백성에 대한 사랑과 나눔의 기쁨을 발견했습니다.

도봉동 약국으로 자리를 옮긴 후에도 성미 약사는 장애인 단체, 양로원, 사회복지단체 등에 대한 후원 사업을 이어갔습니다. 전 세계 미자립 교회와 지역 교회에 후원금과 약품을 보내며 의료 선교에 대한 열정을 구체화했습니다. 성미는 때때로 두려움과 불확실성을 느끼기도 했지만, 신앙과 타인에 대한 사랑이 자신의 앞길을 인도할 것을 알고 있었습니다. 달려만 오던 성미에게 우연히 알게 된 글쓰기를 통해 자신을 표현하며 자신이 자신답게 사는 법을 알게 되었고 새로운 열정이 살아나고 있습니다.

성미는 자신의 삶을 돌아보면 도전과 좌절로 가득했던 삶이었지만, 성장하고 배우고 다른 사람들을 도와줄 기회가 아주 많았다는 것을 깨달았습니다. 성미의 인생이 완전히 바뀌었습니다. 평생 역경에 맞서 싸워온 그녀는 이제 자신이 늘 꿈꿔왔던 삶을 살고 있었습니다. 그녀는 행복하고 성취감을 느꼈으며 무엇보다도 자유로워졌습니다.

그녀의 여정은 인내의 힘과 인간 정신의 불굴의 본성에 대한 증거였습니다. 성미는 가족과 지역사회의 사랑과 지원에 감사함을 느꼈고, 자신이 인생의 진정한 소명을 찾았다는 것을 깨달았습니다.

마음을 깨운 사랑의 메아리

왜곡된 사랑으로는 모든 것을 진정으로 사랑할 수 없다. 그것은 위선일 뿐이다. 사랑의 반대는 증오가 아니라 무관심이다. 나는 내 어깨를 두드렸다.

"성미야, 잘 살아줘서 고마워. 참아줘서 고마워. 참을성 있게 살아온 너를 칭찬한다."

어둠 속에서 저에게 한 줄기 빛이 되어준 말이 있다.

이상한 질문을 하며 다가온 사나이

"다리가 왜 그래요?"라고 불쾌하게 다가온 한 새까만 사나이가 나에게 물었다. 내게 그렇게 직접적으로 물어본 사람은 없었다. 그래서 나는 냉정하게 대답했다.

"뭐라구요? 안 보여요? 소아마비예요."

내가 소아마비라는 운명을 갖게 된 까닭에는 엄마의 딸 사랑이 지나쳐서라는 아이러니한 이유가 있다. 우리가 자라나던 시절 아이들은 천연두 백신을 맞았는데 대부분 왼쪽 어깨에 맞곤 했다. 그런데 이 백신을 맞은 자리가 흉터처럼 흉하게 보이는 경우가 많았다. 멋쟁이 아가씨가 지나가는데 어깨의 백신 맞은 자리가 흉터처럼 보여서 미인의 이미지가 구기는 경우가 많았다.

엄마는 나를 미녀로 만들고 싶어서, 어깨에 흉터를 남겨주기 싫어서 모든 백신주사를 발바닥에 놓아 달라고 한 것이었다. 그 탁월한 선택이 나를 이렇게 만들었다. 백신을 맞았으니 꿈엔들 내가 감염되었다는 것을 아무도 눈치 채지 못했던 것이다. 3살 때까지 삼양동 꼭대기에서 하숙을 치시던 외할머니댁을 곧잘 다녔다고 한다. 아래에서 올려다보면 힘들지도 않은 지 그 길을 열심히 걸어갔다.

그러던 어느 날 열이 펄펄 나고 서지도 못하고 주저앉아버렸다. 땀을 뻘뻘 흘리며 나를 들처업고 병원으로 찾아간 순간 엄마도 주저앉아버렸다. 내가 살아갈 미래를 보았으니 엄마는 나보다 훨씬 겁이 났고 얼마나 절망적이었을까? 엄마는 죄책감으로 평생 죄인처럼 지내셨다.

내가 울면 엄마도 조용히 내 곁에서 눈물을 흘리셨다. 나는 엄마의 마음을 알기에 더 착한 딸이 되었다. 물론 부모님의 따뜻한 사랑과 아버지를 닮은 타고난 낙천적 성격으로 부모님 속 안 썩이고 착하게 살아왔다. 자존심이 충만한 나이에 "다리가 왜 그래요?"라고 불쾌한 질문을 서슴없이 하다니 속으로 너무너무 괘씸했다.

그러나 왜 그랬을까? 나는 그 사람에게 모두 대답해 주었다. 그 후로 그 사나이는 매일 출퇴근 시간에 우리 약국에 들러서,

"체한 것 같아요. 약 한번 먹을 거 주세요."

"또 눈에 눈썹이 자꾸 들어가요."

그때 그 당시에 꽃집 아가씨가 예쁘면 매일 꽃을 사러 가고 약국의 약사가 예쁘면 매일 약을 사러 가고 그릇 가게 아가씨가 예쁘면 그릇을 사는 발바리의 추억을 패러디한 코미디물이 있었는데 그걸 따라 하나? 주제도 모르고 그렇게 생각했다. 한참 동안 그 사람이 오다가 며칠 동안 오지 않더니 여동생을 보냈다.

자기 오빠가 나와 말을 하고 싶은데 추근대는 남자 같아서 정식으로 말해보고 싶다고 했다.

솔직함 그리고 직선적인 말투, 매일 오는 성실함, 나에 대한 높은 관심에 해제되려 했던 나를 꽉 잡아야만 했다. 눈을 꼭 감고 생각이 없다고 돌려보내려 하자 2주간의 말미를 주었다. 내가 그렇게 싫어했던 직접적인 그 질문이, 또 한 가지 나와 정식으로 말해야 하는 이유가 다른 남자들처럼 추근대는 사람으로 생각하면 안 된다는 말이 내 머리를 사로잡았고 가슴까지 파고들었다.

결혼하려면 세 번 기도해야 한다고 하지 않았는가!

기도 중에 그는 너의 갈비뼈 원판이라고 내가 거기서 취하여 너를 만들었노라고 말씀하시는 것 같았다. 그래서 우리는 한솥밥을 먹고 한 이불을 덮는 사이가 되었다.

남편에게 그때 왜 그런 질문을 했느냐고 물었다. 남편은 다리도 성치 않은 여자가 박카스 100개를 번쩍 들어 옮기는 걸 보고 무척 귀여웠다고 했다. 매일 보니까 말을 해보고 싶었는데 그때 그 말이 불쑥 튀어나왔다고 했다. 다른 사람들도 만나자고 했을 텐데 똑같은 방법으로 하고 싶지 않았다고 수줍게 답을 했다. 나를 감추고 싶었고 내 존재에 대해 부정했다. 어떤 장한 일을 해서 칭찬받았을 때, 상을 탔어도 그것이 마냥 기쁘지 않았고 겉으로는 부드럽지만 좀 삐딱했다. 그 일 이후에 나도 숨김없이 당당하게 사람들 앞에 나설 수 있었다.

하나님은 나의 오해에도 나를 품어주신다

나는 하나님께 삐져 있었다.

신학원을 준비하고 학교에 가려던 당일에 병원의 급한 환자에게 닥친 일로 인해 좌절되었다. 하나님이 막으신다고 생각하니 막 화가 났다.

'나 같은 건 필요 없나 보네…'

흠이 있는 자는 휘장 안에 들어가지도 제단에 가까이 하지 못한다는 레위기 21장 17절에서 21절의 말씀이 오버랩되어 오해가 일어났다.

어느 날 큐티 중에 하나님이 말씀하셨다.

"예수께서 이르시되 네 마음을 다하고 목숨을 다하고 뜻을 다하여 주 너희 하나님을 사랑하라 하셨으니 이것이 첫째 되는 계명이요, 둘째는 그와 같으니 네 이웃을 너 자신과 같이 사랑하라 하셨으니 이 두 계명이 율법과 선지자의 강령이니라(마22;37~40)"

'하나님을 사랑하는가?' 먼저 나 자신에게 물었다.

한 부분만 빼놓으면 다 좋다고 말했고 하나님을 믿고 기도하는 거라고 투덜댔다. 하나님은 전지전능하신 분이지! 어느 것 하나 빼고는 아니라고 말씀하시는 거였다. 그리 아니하실 상황에도 언제나 선한 것으로 인도하시는 하나님임이 그날에야 깨달아졌다. 하나님은 내가 멀어져도, 머물러서 한숨지어도 항상 나를 끌어안고 계시는 것을 알았다. 외모도 그랬지만 숫기도 없고 존재감 없는 나 자신을 절대로 사랑하지 않았다. 오히려 나 자신을 비하하고 못 믿기 일쑤였다. 나를 사랑해야만, 나를 사랑한 만큼 다른 사람을 사랑할 수 있는 걸 알게 되었다. 그래야 진정한 사랑의 시작인 것이다.

마음을 깨우는 말로 인해 나를 찾아가다

하나님은 또 내게 주신 특별함이 하나님의 영광을 드러내기 위한 하나님의 뜻이라고 말씀하셨다. 그 말씀이 얼마나 나를 흥분하게 했는지 모른다. 자주 듣던 말씀인데도 그때는 너무 감격스러웠다. 그래서 나를 사랑하기로 했다. 내가 나를 사랑하는 데도 힘이 들었다. 하나님께 사랑할 힘을 주시라고 기도했다.

가만히 생각해보면 내가 이것 때문에 못 한 게 지금까지 없었다. 운동도 했으면 잘 했을 것이다. 내가 체력장 종목을 100M 달리기, 장애물달리기 두 개를 빼고 세 개 했어도 다섯 개 종목 한 친구보다 급수가 더 잘 나왔으니까. 자진해서는 앞장 못 섰지만 누가 밀어주면 앞에서 일도 잘했지. 노래도 그림도 조각 등 이런 생각들을 하다 보니 나를 더 알고 싶어졌다.

묻혀있던 내가 세상을 만나다

항상 뒷전에 밀쳐놓았던 자아가 생기를 찾았다. 하나님이 선사해주신 그 말씀들이, 남편의 그 직설적인 질문과 관심이 나를 깨어나게 해주었다.

근육이 불어가고 힘이 생겼다. 내가 이 땅에서 잘 살아갈 이유가 충분했다. 오랫동안 품어왔던 분노와 나의 연약함에서 오는 열등감이 치유되는 느낌이다. 열등감과 자존감은 한 끗 차이였다.

이제야 내 이마에 찡그림이 없어졌다. 주위 사람들을 보니 모두 좋은 점들이 내재해 있다는 걸 새삼 깨달았다. 내겐 좋은 이웃들과 어우러져 살아갈 행복이 남아있다. 나를 깨워준 만큼 나도 다른 사람들을 깨워야 할 사명이 주어져 있다.

하나님은 내게 날마다 당신을 바라보며 당신이 주신 길에서 행복하라 하셨기에 나는 행복하다. 난 하나님이 만드신 하나밖에 없는 '최고의 걸작품'이니까 행복할 자격이 있다.

관심을 두면 사랑이 시작된다. 나를 사랑한 대로, 사랑한 만큼 내 이웃도 사랑하게 된다. 왜곡된 착함으로는 모든 것을 진정 사랑할 수가 없다. 여태 외면했던 나를 이제야 바라보게 된다.

내 어깨를 스스로 토닥토닥.

'성미야 널 사랑해, 너는 나의 보배야 잘 살아주어서 고맙다.'라고 하나님이 해주신 그 말씀이 나를 깨어나게 해주었다. 남편의 그

직설적인 질문이 나를 흔들었다. 하나님과 남편이 어둠 속에 있던 나를 일으켜 세웠다. 이것이 사랑의 메아리 되어 멀리 멀리 퍼져 가고 있다.

'맞다! 나는 하나님의 형상대로 지은 명품이다.'

잊지 못할 계절, 그해 가을

누구나 일생에 한 번 꼭 가고 싶은 이스라엘 성지순례!

가슴이 설레이고 나만의 임무가 정해진 특별한 여행이다. 우리 일행은 소풍 나온 아이들처럼 신나게 남대문 시장을 쓸고 다니며 크고 작은 필수품을 구매하였다. 나는 여행을 위한 체력단련이 필요해서 몇 달 전부터 퇴근 후 헬스장에 가서 근력을 키우기 시작했다. 또 남은 가족을 위한 음식도 준비해야 했기 때문에 며칠 전부터 마트에서 장을 보고 서툰 솜씨지만 요리하여 냉장고를 채웠다.

하루도 닫기 힘든 약국 문을 닫아야 갈 수 있는 여행길이었다. 잠시 집을 비우더라도 내 몫의 일을 두세 사람에게 분배하여 맡겨놓고 가야 한다. 솔직히 말하면 소아마비를 앓아 허약한 다리가 버티지 못할 것 같은 불안함이 있는 두려운 출발이었다.

나는 3살 때 소아마비를 앓았는데 다리를 저는 또래 친구들이 한 반에 1~2명은 있었다. 아이들의 놀림을 받았지만 그럴수록 눈물을 속으로 삭이며 옴팡지게 이겨냈다. 어렸을 때는 열심히 노력하면 나을 수 있다고 생각했는데, 어느 순간 이 병이 장애로 남는다는 것을 깨달았다.

그래서 목표를 향해 더 열심히 달렸다. 나의 불편함이 불편함 일

뿐, 못하는 것이 아니라는 걸 알리고 싶었다.

하루를 꼬박 날아 다가간 지중해는 코발트색 물감을 풀어놓은 한 폭의 그림을 보는 듯 너무 맑았다. 어디가 하늘인지 어디가 바다인지 구분할 수 없을 정도였고 가슴이 탁 트였다. 전에는 느껴보지 못한 따뜻함과 황홀함이 있었다.

여정은 예상대로 하루에도 몇 군데를 다녀야 하는 강행군이었다. 멋진 여행복을 입은 대원 사이에 끼여 무엇이든 놓치고 싶지 않은 호기심이 발동했다.

주님이 십자가 지고 가신 길은 곳곳에 성전이 세워져 있는 14구역에 있는데 즐비하게 늘어선 상점들이 우리의 시선을 분산시켜 집중을 방해했다. 영화에 나오는 것처럼 눈물과 통곡이 있고, 회개가 있는 길이길 바라며 경건하고 많은 생각을 하며 가고 싶었지만, 감동은커녕 실망하며 발길을 돌렸다.

세례 요한의 순교지인 마케루스까지 걸어가는 데 한 시간이 걸렸다. 쉴 곳도 목을 축일 곳도 없는 황량한 높게 깔린 길을 하염없이 걸었다. 다리가 아프고 고관절까지 통증이 있는데도 얼굴은 미소를 잃지 않았다. 애쓰고 걸어도 다리가 옮겨지지 않아서 지팡이만 허공을 휘저었고. 땀이 흘러 뼛속까지 젖어 든 느낌이었다. 여행 전에 발목이 보호되도록 맞춰 신고 온 구두도 오래 신은 것처럼 모양이 변형되었다.

어찌나 높게 올라가는 오르막길인지! 산이라면 나무도 있고 숲도 있을 것인데 해발 700미터의 허허벌판에 햇볕 피할 곳 하나 없는 고

갯길이었다. 도대체 이 높은 곳에 무슨 건물을 지었을까? 숨을 헐떡거리며 올라갔더니 바티칸에서 공식 지정한 헤롯의 별장이었던 궁전터와 성체의 유적지가 있었다.

왕과 궁중 사람들 사이에서 춤을 추며 흥을 돋우며, 어머니의 부탁을 지혜롭게 듣지 않고 세례 요한의 목을 쳐 소반에 담아오게 한 살로메라는 어리석은 소녀를 보았다. 또한 누보산에서 놋 뱀을 바라보지 않아 죽음의 강을 건너간 이스라엘의 많은 사람의 불순종도 보았다. 해야 살고, 하지 말아야 사는 것에서 지혜를 알게 되었다.

"하나님 지으신 모든 세계 ♬ ♩ ♬."

페트라는 인디아나 존스에 나오는 신비한 도시동굴이었다. 연한 노란색에서 진한 갈색까지 바위를 깎아 만든 훌륭한 건축물 사이에 좁은 길은 촛농이 흘러내린 것 같은 모양이었다. 파란 하늘이 바위 도시 틈으로 지나갔다.

낙타를 타고 가면 제1구역 알카즈네 신전까지 15분 정도 걸린다고 했다. 그런데 나는 또 나의 한계에 도전해야 했다. 나는 2시간쯤의 거리를 행진했다. 3만 보를 넘게 걸었던 하루이다. 여기는 평지여서 다행이지만 비포장도로가 문제다. 발목이 계속 뒤틀리고 경련이 일어나기도 했다. 허리 근육이 긴장되고 발바닥이 찢어질 듯 아팠다. 내 의지력을 시험해보기로 한 나와의 약속을 깨고 싶지 않았다. 만남의 장소에 가장 늦게 도착했지만 기다리는 대원들의 박수를 받으며 성취감을 느꼈다. 내가 한 번도 쉬지 않고 열심히 걸었다는 사실이 신기하고 놀라웠다.

길을 나서고 버스에서 내리면 하염없이 걷는 길이 또 보인다. 감람산에 올라 내려다본 예루살렘 성은 황금돔이었다. 발밑에는 크고 작은 무덤들이 높고 낮게 계단식으로 도열해 있었는데 부의 상징이라고 해서 인상적이었다. 쉬고 싶다고 생각하면 반드시 식당 앞이었다. 숨 죽은 배추처럼 축 늘어져 의자에 붙이고 나면 또 힘이 솟았다. 체력의 한계를 느껴야 하는데 또 다른 기대감으로 마음이 설렜다. 인파를 뚫고 가야만 했던 곳도 있지만 한적한 오솔길 같은 곳도 있었다. 때로는 감동의 합창이 흘러나오기도 했고 고요한 적막이 있기도 했다.

밤에는 한 발짝도 움직일 수 없을 정도로 에너지가 다 소진되었다. 그러던 어느 날 꿈을 꾸었다. 한 여자가 멀리서 걸어가는 모습을 어렴풋이 기억하는데 무척 안쓰러웠다. 내가 잠꼬대하니까 동료가 막 흔들어 깨웠다. 그는 자신도 비슷한 끔찍한 꿈을 꿨다고 했다. 우리는 밤새 꿈 이야기하며 뜬 눈으로 지냈다. 몹시 불길했지만 그런 일이 일어나지 않을 거라는 막연한 자신감이 생겼고 여행길을 조심했다.

텔단을 오르는데 폭포가 우리나라 백두산보다 높은 헬몬산에서 물이 요단강으로 흘러가고 갈릴리로 유입되어간다고 한다. 브엘세바까지 흐르는 물줄기가 시원하고 매우 힘차게 흘러내렸다. 오르고 또 오르면서 나는 몇 번의 한계에 부딪혔다. 발목이 이제 힘을 잃어가고 있었으나 나는 희망을 잃지 않았다. 벽에 부딪힐 때마다 회복되는 속도가 빨라지고 육체의 최고점이 점점 고도로 움직이고 있었다. 정상적으로 걷는 사람들도 힘들어하는 여행길을 끝까지 포기하지 않았다. 매우 만족스런 여행이었다.

여행을 마치고 돌아왔을 때 공항에 여동생이 마중을 나왔다. 약국 문을 열고 정리할 때까지 아무 말도 없던 동생이 말을 이어갔다. 동생은 언니 대신에 언니 유치원에서 일하고 있다고 했다. '갑자기? 절대 서로 뭉쳐 일하지 않을 것 같은 자매가 한곳으로 뭉쳤다고?' 나는 머리를 가로저으며 이해하지 못한다는 표정을 짓고 있었다. 알고 보니 내가 여행을 즐기고 있는 동안 언니는 과로로 쓰러졌고 동생이 그 사실을 차마 알리지 못한 채 내게 병원만 물어본 것이었다. 아무리 여행 중이라도 뜬금없는 상황을 좀 더 잘 파악했어야 했는데 나는 퉁명스럽게 대답을 줬었다.

내가 고난의 행군 같은 여행을 하며 나의 의지와 싸우고 있을 때 언니는 뇌혈관 질환으로 사경을 헤매고 있었다. 당장에 병원으로 달려가자 멍한 언니의 얼굴이 나를 바라보고 있었다.

"언니, 나 성미야."

언니는 금방이라도 미소를 짓고 '그래 성미야 여행 잘하고 왔니?' 할 듯했는데 입 밖으로 말 한마디 할 수 없고 나를 못 알아보는지 눈동자는 초점을 잃고 있었다. 그래도 나는 하나님께 감사하며 기도했다. 지난여름에 보았던 언니의 모습이 너무 아련했다. 항상 우리 자매는 바쁜 언니의 뒷모습을 보는 게 전부였었다. 언니가 항상 씩씩해서 눈치도 못 챘는데 이런 표정으로 있다니….

후회가 몰려왔다. 나는 최고의 여행을 하고 싶어서 이스라엘로 갔는데 언니는 자신만의 방식으로 먼 낙원을 여행하고 있었으니, 매일 직장과 박사학위와 집안일을 하느라 쉼도 없이 달리던 인생이 이제 멈춰 버렸다.

얼굴을 보고 손을 비비고 주고받지는 못하는 얘기지만 추억을 들썩이며 나 홀로 떠들 수 있어도 좋았다. 가까이 살면서 자주 보지 못한 언니에게 가는 것이 최고의 기쁨이었다. 죽음과 질병 모두 그분의 손에 있다는 것을 생각하는 계기가 되었다. 가족의 의미를 부여하고 애틋한 자매의 정을 남겨주었다. 언니는 공부만 실컷 하고 날개를 펼쳐보지도 못한 채 가족을 남기고 질병 없는 나라로 떠나갔다. 허무했다, 아주 많이….

이럴 줄 알았으면 진작에 세 자매가 자주 만날 걸 그랬다. 다른 자매들처럼 남편들 흉도 보고 부모님이 편애하였던 얘기며 친척들의 관심사를 가졌던 소소한 얘기를 하며 깔깔 대보기라도 할걸. 손잡고 낙엽을 밟아볼걸, 실컷 웃어볼걸, 실컷 얘기해 볼걸. 찾아봐도 우리 세 자매가 같이 찍은 사진 한 장 없다. 그렇게 언니를 하늘나라로 보냈다.

그해 가을은 내게 성지순례 여행에서 나의 한계를 뛰어넘는 놀라운 성취감을 안겨 주었고 언니와 이별로 잊지 못할 계절이 되었다.

엄마의 외출

장에 걸어놓은 안 입던 좋은 옷이
침대 위에 차곡차곡
거울 앞 엄마는
웃음기를 잃어간다.
고개를 갸우뚱
뚫어져라 옷만 쳐다보고…

25여 년 동안 한 번도 거르지 않던
아빠의 생신
미역국 냄새 커녕
날마다 먹던 아침밥 냄새도 없고
처음 외출해 보는 사람마냥
온통 방안이 어수선하다.

엄마와 시기하던 사람이 있었나 놀려대건만
마음이 닫힌 분이 아님에도
친구 향한 그리움 대신

당신의 모습만 탓하고
내 잔소리에 억지로 끌려 나오듯
옷장 문을 닫는 엄마에게서 세월을 느낀다.

오랜만에 만날 동창들의 얼굴을
하나하나 되새기면서
이마의 주름살 화장으로 간신히 메우고
엄마가 살아 온 인생을 더듬으며
젊은 날의 꿈을 연습하듯
독백한다.

약국 밖의 새로운 세상

설렘의 출발

구월의 첫날,

내가 한 번도 가지 않던 미지의 세계로의 첫걸음, 마음을 쏟던 일상과는 다른 첫 모험을 위해 다른 날보다 한 옥타브 높게 아이를 깨운 후 밥 한술 뜨고 서둘러 준비했다.

두려움 반, 설렘 반,

더위가 한풀 꺾이고 제법 시원한 바람에 머리를 흩날리며 역을 향해 출발한다. 출근 시간에 지하철을 타본 것은 정말 오랜만의 일이다.

'와, 벌써 만원 지하철이라' 나는 틈새로 끼어들었다. 어깨를 부딪치고 각자의 방향으로 몸을 돌려 발이 제대로 위치하는지 확인한다. 이렇게 붐비고 숨 막히는 공간에서 코로나 감염자가 나왔다는 얘기는 들어본 적이 없다. 이런 곳에서는 코로나도 피해가나 보다. 모두 마스크를 너무 잘 쓰고 있다. 우리나라 사람들은 말을 잘(?) 듣는다. 좁은 공간 빽빽한 사람들 사이에서 가방을 끌어댕기려 해도 뭔가 눈치가 보인다. 똑바로 선다. 이제야 안도의 숨을 쉰다. 그곳에 있는 사람들의 표정 하나하나를 살폈다.

멍하게 먼 곳을 응시하는 사람, 꾸벅꾸벅 졸며 고개를 떨궜다가 자기도 깜빡 졸다 놀라 입을 훔치면서 두리번두리번하는 사람, 세상모르고 어젯밤에 뭘 했는지 고개를 다른 사람 어깨에 살짝 기대고 자는 사람, 휴대폰을 보며 낄낄 웃는 사람, 인상 쓰면서 휴대폰 뉴스를 보는 사람, 옆 사람과 신나게 이야기하는 사람. 모든 시선을 자신에게 집중한 채 화를 내며 전화 통화를 하는 사람….

한쪽 손잡이를 사정하는 듯이 붙잡고 그 좁은 공간에 신문 한 장 접어들고 지하철의 움직임에 온몸을 맡긴 채 서 있는 사람 등…, 이 모든 표정은 우리 삶의 흔적이 묻어나는 우리들의 모습이었다. 많은 사람이 각자의 목표를 위해 목적의 장소로 바삐 일상을 살아가고 있다. 한참을 지나서야 다른 지하철로 바꾸어 타라는 역무원의 소리가 들렸다.

"와우!"

한국의 모든 사람이 이곳에 모인 것 같이 우르르 떼로 몰려갔다. 이제 익숙해졌다고 생각했는데 길거리에 나갈 때마다 바보가 된 기분이다. 쭉 늘어선 줄에 나도 합류한다. 조금 있으면 기차가 들어올 테니 뒤로 물러나 있으라는 역무원의 경고가 들린다.

전철을 타면 앉을 자리 있어도 체면 가리느라 서 있는 경우가 많았는데 나이가 들면서 이제는 눈앞에 빈자리가 보이면 앞에 누가 있든 상관없이 그냥 걸어가서 앉아 버린다. 그래도 미안한 마음에 주위 사람들에게 눈도 안 마주친다.

일단 의자에 앉으면 세상이 편하다. 눈을 감고 오랜시간 자는 척했더니. 몇 번의 열고 닫힘이 있은 뒤 내려야 할 곳에 도착했다.

'아뿔사! 너무 일찍 왔어.'

사람들이 빠져나간 역사는 고요하리만큼 차분했다. 이리저리 내 시선이 길을 잃다 찾은 의자에 내 몸을 앉히니 마음도 안정되었다. 지인이 어디로 오게 될지 몰라 메모지에 펜을 들고 끄적거렸다. 생전 처음 맞아보는 아침의 여유이다. 약속 시간을 지키기 위해 숨을 헐떡거리며 뛰어야 했던 지난날, 바쁜 이 시간에 앉아서 느끼는 평안함, 여유로움은 여태까지의 나와 대조적이었다.

벨이 울리고 사람들의 발걸음이 가볍게 움직이는 소리가 한꺼번에 들린다. 멋진 모자를 쓴 지인분이 한 손에 커피를 들고 미소 지으며 내 쪽으로 오고 계신다. 자리에서 일어나 인사하고 서로의 근황을 묻는다.

생애 최초의 새로운 도전

그것은 바로! 유튜브를 찍는 것이었다.

연습 중에 묻고 대답하는 동안 이마에는 땀이 송글송글 맺히고 얼굴 화장이 지워졌다. 뭔가 외우려 해도 머릿속에 들어가질 않아서, 시나리오대로 이야기하려 해도 생각과 입이 따로 노는 것 같았다. 자꾸만 즉흥적으로 불필요한 말을 하고 있었다. 중요한 이야기임에도 또 빼먹고 말 못하고 지나가 버렸다.

나중에 사회자가 묻지도 않았는데 그 중요한 이야기를 했다. 그리고 간증까지 더해서 마무리했다. 사회자는 내가 주인공이라면서 하고 싶은 대로 다 하라고 했다. 감독님들이 잘했다고 박수까지 쳐 주셨는데, 나는 만족하지 못했다. 말도 더듬 더듬…, 부끄러웠지만 시원하게 끝났다.

앗! 실수

휴대폰을 안 가지고 촬영장에 들어오다니….

그 사이 약국에서 연락이 수도 없이 와 있었다. 촬영 들어가기 전에 전화로 연락을 못 했으니 얼마나 속이 답답했을까? 해결하지 못한 일이 있을까? 하는 마음에 떨리는 손으로 휴대폰을 들었다. 나는 혼자 모든 일을 하던 사람이라 자리를 비우면서 다른 약사와 처방전을 컴퓨터에 입력하는 아들과 약사 실무 보조원을 채워놓고 나와야 했다. 전화로 응답하기에 바빠서 저쪽에서 받지 못하는 건 안다. 몇 번 전화해서야 통화가 되었다.

"무슨 약이 어디 있냐? 이 사람한테 어떻게 해줘야 하냐? 물품이 어디 있냐? 이거랑 뭐랑 줘야 하나?" 등등의 간단한 통화로 몇 가지 일이 해결되었다. 약국으로 돌아오는 택시 안에서 마음이 무거웠다. 내가 처리할 일들이 얼마나 남아있을까?

정오의 서울 거리는 너무도 복잡하고 꽉 막혀있었다. 약속 시간에 도착하지 못하는 조바심이 났다. 약국을 지키는 세 사람에게 밥을 먹으라고 말하며 길고 긴 숨을 내쉬었다.

나의 일상으로 돌아오다

이게 나였다. 허둥지둥하는 모습! 시계를 계속 보며 초조해하는 모습!

약국에 도착하자 가장 크게 보이는 아들이 있었다. 화가 좀 난 듯하다. 아까 주문한 점심이 오지 않아 기다리는 중이었다. 아이는 인수인계 해주고 기분이 좋지 않은 상태로 약국을 떠났다. 대체 약사님과 나는 흰 가운을 바꿔 입고 일상으로 회귀했다. 처방전이 들어오기 시작했다. 약을 지어 환자 이름을 부르고 복약지도를 해준다. 단골 환자의 약을 지어 지퍼 팩에 담아놓았다.

'저 할아버지 오시네.'

매일 집에서 윗도리를 입지 않고 있은 듯 겨울 경량 조끼 하나 걸치고 약국 문을 열고 들어오신다. 앙상한 갈비뼈가 유난히 드러나 보였다.

"베나치오 2개, 판피린 2갑 주세요."

비닐봉지에 넣고 카드로 계산해주는데 "약 사러 다니느라 힘드네, 아휴" 하며 받는 손은 쭈굴쭈굴하고 굳은살이 많았고 손톱엔 무좀이 두껍게 앉아 있었다. 과거에 고생을 많이 한 손이었다. 말을 하지 않아도 삶의 찌듦이 보였다. 자식들에게 이미 짐이 되어버린 인생이 숨어 있었다.

나는 한곳에 머물러 17년째 약국을 하던 터라 단골손님들의 숟가락 숫자도 알고 있었다. 심지어 가족처럼 어머니, 아버님 하면서 가까운 척을 한다. 그간의 안부를 묻고 내일의 계획도 이야기한다. 시장을 다녀오시다 눈이 마주치자 복숭아 두 개 먹어보라고 계산대에 올려놓는다. 간혹 짐을 맡겨놓고 오지 않아서 저녁에 약국 문도 못 닫고 쩔쩔매게 하는 분도 계신다.

"약사님! 타이레놀 하나 줘요."

오시면 항상 우리 신문을 가져가시겠다고 하는 아주머니가 오셨다. 신문 한 장 들고 고맙다고 연신 인사를 하고 가신다.

"감기약 지어달라고 했는데 빨아먹는 약은 왜 없어?"

역정을 내는 할머니가 오늘은 안 오시나 했더니 역시 오셨다. 할머니 여기서 이러면 안 되고 처방전을 다시 달라고 하셔야 줄 수 있다고 말씀드리면,

"이리 내"

하면서 빼앗아 들고 나가시는 등에서 고뇌의 세월을 느낀다.

모든 사람의 얼굴에는 그들 삶의 이야기가 담겨 있다. 그분들은 저마다의 증상으로 처방전을 내미는데 나는 처방전에서 삶의 무게를 느낀다. 살아온 삶의 습관을 보는 것 같다. 시간이 조금 나면 자신들의 이야기를 한풀이라도 하려는 듯 자리를 편다. 오늘은 몇 사람과 마음의 대화를 했는가? 또 어떤 얘기를 했나? 생각하며 일상을 마무리한다. 나는 평생 약국에서의 삶이 나의 전부의 삶이라고 생각했다. 제1의 목표는 약사가 되는 거였고, 다른 것은 생각할 수 없었다.

나를 돌아보고 나를 요약하고 나를 돌보는 일에 익숙하지 않은 나

는 그것이 나를 채우는 게 아닐까 생각했다. 책 한 줄을 읽으면서 하루 종일 걸리고 거기서 의미하는 바도 챙기지 못했었다. 하루하루가 바쁘다 보니 생각이 마비되곤 했다. 계속 오시는 환자들을 응대하다 보면 하루에 앉았다 일어났다가 수십 번이 더 된다. 약국 시계가 달려가는 속력을 못 따라가서 하루의 마무리를 제대로 해본 적이 없었다. 마치 덜 자란 어른아이 같다고 생각한다.

내 등은 어떤 인생을 말해줄까? 내가 보듯 저들도 나를 보는데…, 지하철에서의 네 표정, 내 얼굴은 어떤 모습일까? 나를 느끼며 살고 싶다. 내가 뭘 좋아하는지 항상 결정을 못 하던 나에서 벗어나고 싶다. 정말 하고 싶은 일은 무얼까? 또 다른 사람에게 좋은 게 뭘까를 생각하며 행동하기 이전에 나에게 이로운 것이 무얼까?

나는 모든 것을 남들과 나누지만 늘 내겐 아무것도 남지 않는다. 내게도 보상을 해줘야 하지 않나? 오늘 새로운 일에 도전해 보다가 내가 정말 원하는 일을 해보고 싶은 용기가 생긴다. 내 가슴속에 꿈틀거리는 욕망이 제2의 목표를 말해주려 한다. 여태까지 느낄 수 없었던 새로운 세계로 찾아드는 것 같다. 조금의 설렘이 문을 빼꼼히 열고 있다.

굿판

엄마의 대가족 살이

엄마는 시어머니와 시동생 셋과 한집에서 함께 사는 속 좋은 아내였고, 삼양동에 제일 큰 집에서 큰 살림을 해나가면서도 불평불만이 없는 착한 며느리였다. 할머니와 함께 사는 맏이였기에 툭하면 아버지의 사촌, 육촌이 드나들었고 며칠씩 머물다 가는 것이 다반사였다. 그렇게 머물다 가시는 손님들에게 뭘 잔뜩 챙겨 주셔야 속이 시원하신 맏며느리 고유의 품격을 가진 분이었다. 그 시절을 지내온 여인으로서 뭐라 해도 소용이 없었지만 결혼하고 보니 엄마의 마음이 이해된다.

대가족이 북적거리며 살다 보니 일이 많았다. 아버지는 기분파였다. 퇴근길에 술을 드시고 기분이 좋아 과일을 사 오시곤 했는데 종이봉지가 터져 과일이 다 쏟아지니까 와이셔츠를 벗어서 거기다 과일을 받아오셨다. 그런 후 우리 네 명을 앉혀놓고 용돈을 손에 쥐어 주셨다. 그러면 엄마는 우리에게 아버지가 사 오신 과일을 다락방에 숨겨놓고 아버지가 우리에게 준 용돈으로 사먹게 했다. 엄마의 유일한 재미였다. 한 푼이라도 아끼려는 엄마의 전략에 우린 모두가 속아서 사 먹었다.

네 남매가 동화 속 주인공이 되어 왕자님, 공주님이 되기도 했고, 어떤 때는 공기놀이, 딱지치기의 대가도 되었다. 우리는 나름 행복한 어린 시절을 보냈다. 그 당시의 보통 남자들은 집안일에 신경 쓰지도 않고 아이들도 넷씩이나 있어서 보통 힘든 일상이 아니었으리라. 어려서 무슨 일이 일어났는지도 모르게 큰집에서 작은 아랫집으로 이사를 왔다. 손님들도 이젠 오지 않았다. 나중에 안 일이지만 아버지가 보증을 잘 못 서서 100평이나 되는 집을 날리고 빚잔치로 썼단다. 엄마는 그래도 항상 웃고 계셨다.

아빠의 실직으로 엄마가 가장이 되다

늦은 나이까지 가정을 이루지 못한 시동생 둘과 시누이까지 모두 짝을 이뤄 내보냈고, 그 후에 아버지는 직장을 잃으셨다. 부부싸움이 너무 잦아졌고 점심반이었던 나는 어두운 곳에 혼자서 훌쩍거리는 일이 많았다. 엄마의 마음이 허전해지기 시작했다. 동네 아주머니들과 서로 만나 속풀이를 해보아도 이모들과 만나 밥을 먹어도 힘들고 서러운 마음이 가시지 않았다. 이마에 주름이 더해가고 슬픔을 꿀꺽 마시며 지내는 날이 많아졌다. 개울가에 쓰러져가는 간판에 철학관이라고 쓰인 작은 집에 자주 가셨다. 아이 넷의 연약한 엄마는 겁이 났다. 아버지의 실직으로 큰 충격을 받았지만, '산 입에 거미줄을 치랴'는 말처럼 책임감의 공백을 메우고 있었다.

'공허한 책임감'

같이 사시던 할머니와 엄마는 창고에 있던 미싱을 꺼내 오셨다. 솜씨가 아주 좋으셨던 할머니가 한복을 하청받아 지어놓으시면 엄마가 시장에 팔았다. 엄마의 부지런함에도 우리 집 형편이 나아지지 않았다. 우리 가정이 부유했을 때 학교에서 주어진 엄마의 감투가 하나둘씩 내려졌고 집에서 줄곧 일하셨다. 바느질에 열중하며 일하는 동안에 그녀는 아무 생각이 없었다.

점집을 오가며 굿판을 벌이다

어느 날 여동생의 팔이 빠졌는데 병원에 가지 않고 점집을 찾아갔다. 거기서는 악귀가 있으니 굿을 해야 집안이 편안해진다고 했다. 굿을 하는 날 우리 집은 잔칫집이 되었다. 잘 차려진 음식에 부정 탄다고 접근도 못 하게 막고 이상한 복장을 한 아줌마, 아저씨들이 칼춤을 추었다. 흰 쌀 알갱이를 던지며 여기저기에 뿌리고 술도 부었다. 딸랑이를 흔들며 뭐라고 주문을 외웠다. 엄마는 손바닥을 비비며 연신 뭘 잘못했는지 고개를 숙이고 인사를 하며 참회를 했다. 무당이 손을 올리면 엄마는 돈을 올려놓았다. 동네 사람들이 우리 집으로 모두 몰려왔다.

나는 잔칫집이나 된 듯 흥분해 있었다. 칼춤 추던 아저씨 아줌마만 가면 저 음식을 모두 먹을 수 있어서 신이 났다. 돌아가는 동네 사람들의 손에 음식을 한 접시씩 들려 보냈고, 우리 가족은 나머지 음식을 먹고 만족해했다.

집안이 며칠은 잠잠했다. 그러던 중 남동생이 감기로 동네 병원에 갔다가 깨어나질 못했다.

땀을 뻘뻘 흘리며 처치하던 의사는 큰 병원으로 옮기라고 하면서 손을 놓았다. 엄마는 하나밖에 없는 아들을 이렇게 보낼 수가 없어 울고불고 의사의 바짓가랑이를 잡았다. 엄마가 잠깐 눈을 돌린 사이에 그 의사는 짐을 싸서 잠적하려고 했다. 간신히 그 사람을 주저앉히고 일을 수습했다. 동생은 항생제 부작용을 치료받고 집으로 돌아왔다. 그때에도 엄마는 굿을 하고 박수무당을 찾아가셨다. 박수무당이 우리 집 일을 모두 잘 처리한 것처럼 으스대며 계속 유혹했던 것이다. 이것이 지금 생각하면 있을 수 있는 일인가?

우리 집에는 신줏단지가 있었다. 어두운 다락방에 손이 잘 안 닿는 중요한 곳에….

그것을 내리거나 손을 데면 부정 타서 집안 꼴이 안 된다고 했다. 가끔 굿을 할 때면 빨강 파랑 치마저고리 같은 이상한 옷차림을 한 무당이 그것을 내려오라고 하셨다. 그곳에다 정성스럽게 부채를 휘두르며 춤을 추었다.

신줏단지를 태우고 교회에 가거라

어느 날 학교에서 돌아와 보니 엄마가 그 신줏단지를 꺼내 하나, 둘 불에 넣으며 우리에게 단호하게 말씀하셨다.

"엄마는 죄가 많아 천천히 갈 테니까 너희는 교회에 가거라."

바로 그 주 일요일이 되자 나는 언니와 손을 잡고 언덕 꼭대기에 우뚝 서 있는 교회에 갔다.

엄마도 안 가는 교회를 숫기가 없는 자식들만 가기란 무척 힘든 일이었지만 동네 친구들도 있었고 선생님들이 사탕도 주고 공책도 주었다. 내가 처음으로 예수님께 인사를 한 날이다.

하나님은 이미 우리 가족을 생명책에 올려놓았을 테지만….

꿈틀거리는 믿음

새싹 같은 믿음,

아직 아무것도 모르는 나의 신앙 여정이 그렇게 미적지근하게 시작되었다. 엄마는 신의 존재를 아셨을까? 아니면 굿을 하면 잘될 거라는 무당들의 말이 거짓이었음을 아셨던 걸까? 신줏단지를 태우면서 무섭지 않았을까? 하나님을 믿으면 잘된다고 생각한 걸까? 해봐도 집안 꼴이 더 우스워졌고 정신이 피폐해진다고 생각한 것일까? 우리는 아무도 눈치를 못 챘어도 모든 인생의 주인 되시는 하나님이 우리를 보고 계셨고 부르신 게 맞다. 성령 하나님이 우리에게 노크하셨다.

주님 주신 모든 물질을 다 없애버리고서야 하나님을 바라보게 되었다. 지금 생각하면 그 무렵 모든 일이 잘되었더라면, 그리고 물질의 풍요를 계속 유지했더라면, 우린 아직도 하나님을 모르고 제 잘난 맛에 살고 있을 것이다.

신수정

버리자. 쓰자, 그까짓 거!

내 인생 최고의 여행

때문에/덕분에

돌고 도는 인생 그 지루함과 특별함에 대하여

♣ 신수정 스토리 : 불완전함을 드러낼 수 있는 용기

지난 시간을 돌아보니 나는 고등학교를 졸업할 때까지 마음에 꾸밈이 없고 순박한 것인지, 아니면 슬기롭지 못하고 둔한 것인지 알 수 없는, 순진하면서도 어리석은 소녀로 자랐던 것 같다.

그러다가 특별한 목적 없이 법학을 전공으로 선택했는데 돌이켜 보면 법이 나의 삶을 시행착오에 빠지게 만드는 주범이 될지 그 당시에는 알지 못했다.

대학을 졸업하고 두 아이의 엄마가 되어서는 내면의 어려움과 육아에 대한 기쁨으로 내 생애 가장 행복하면서도 힘든 시간을 보내기도 했다.

엄마가 돌아가신 이후에는 DAYBREAK UNIVERSITY에 입학하여 결혼과 가족치료를 공부하고 누리나래 학당에서 글을 쓰면서 좋은 선생님들을 만나 또다시 나 자신을 알아가면서 울고 웃는 시간을 보내고 있다.

그 시간을 통해 나의 삶을 관통하는 일관된 주제 중 하나가 글쓰기라는 것을 깨달았다. 그리고 이 책을 완성 하면서 나의 인생을 이해하는 시간을 가질 수 있었다.

생의 마지막 순간에도 자신의 삶을 돌아보는 기회를 갖기 어려운 경우가 많은데 인생의 절반이 지난 시점에서 지나온 나를 대면하는 시간을 가지게 된 것은 행운이라는 생각이 든다.

그리고 나의 부족함을 그대로 드러낼 용기를 가지게 된 것 또한 감사하다.

나의 불완전함을 드러내고 보니 참 별일 아닌 것으로 그동안 자신을 힘들게 하고 살아왔구나 하는 생각이 들었다.

이 책이 나에게 그러했듯이 독자들에게도 자신의 불완전함을 드러낼 수 있도록 용기를 줄 수 있었으면 좋겠다.

지금 자신의 모습 그대로 그럭저럭 괜찮다고.

아무런 보장이 없는 미래에 도전해서 실패해도 된다고.

버려질지도 모르지만 상대를 온 마음 다해 사랑할 수 있다고.

그리고 그 용기를 가지기 위해서 다른 사람의 인정이 필요한 것은 아니라고.

그렇게 말해주는 책이 되었으면 좋겠다.

버리자. 쓰자, 그까짓 거!

해묵은 것들을 정리하듯 버리자

꽤 오랫동안 비슷한 형식의 글을 쓰고 있다는 생각이 든다.

하지만 나의 이런 고정된 패턴은 글쓰기만이 아니다.

오래도록 반복해서 익숙해진 내 행동은 삶의 여기저기에서 볼 수 있다.

해야 할 중요한 것들을 알면서도 하기 쉽고 편한 것들만 골라 하는 것.

속이 편하도록 적당한 양의 음식을 먹고도 입이 심심해서 무언가 달달한 것을 찾는 것.

실천해야 한다는 것을 알면서도 머릿속으로만 달콤한 상상을 하면서 몸은 마지막 순간에야 부리나케 움직이는 것.

어디 이것 뿐이겠니.

고정된 형식의 글쓰기는 경직된 사고방식을 반영하는 내 삶의 한 부분일지도 모른다.

마음껏 쓰자

삶에서 모두 드러낼 수 없는 나의 마음들이 적어도 글을 쓸 때만큼은 나 자신을 적나라하게 보여줄 수 있는 용기를 가졌으면 좋겠다.

나도 모르게 내 안에서 한계를 긋는 모든 범위를 벗어나 마음껏 춤추듯 날았으면 좋겠다.

누구의 이야기인지 모르게 상상력을 품고 너와 나의 이야기로 화답했으면 좋겠다.

글쓰기의 즐거움과 아름다움에 규칙은 없으니 계속해서 글을 쓰면서 도전하고 두려워하지 말자

마음껏 쓰자.

그까짓 거!

그까짓 거!

그냥 쓰자.

에잇! 모르겠다. 살거나 죽거나 하나겠지.

나 말고! 글이 말이다.

내 인생 최고의 여행

엄마, 안녕!

드디어 엄마가 퇴원한 날 나는 너무 기뻤다. 날아갈 것처럼 신났다. 비록 엄마는 항암치료를 받아야 했지만, 병원이 아니라 집에서 엄마를 오래 볼 수 있으니 그것만으로 행복했다. 나는 엄마와 아이들과 함께 걸으면 좋을 숲길을 알아 놓았다.

이제 막 시작되는 봄이 우리 엄마의 회복과 맞아떨어지는 좋은 징조라고 생각했다. 엄마에게 어떤 음식을 드리면 좋을까 생각하면서 이런저런 재료를 찾아 준비해 놓았다. 흐드러지게 피어나고 눈부시도록 바람에 흩어지는 벚꽃도 엄마에게 보여주기 위해서 사진에 담고 또 담았다. 하지만 2020년 4월 12일 엄마는 돌아가셨다. 엄마와 함께할 수 있는 시간이 조금 더 있을 줄 알았다. 그때는 이것이 엄마와 함께할 마지막 두 달간의 여행이 될지 몰랐다.

2020년 2월 10일

일곱 살 첫째 아이의 겨울방학이 두 달째 이어지고 있었다. 생활이 불규칙해지고 나만의 시간을 갖지 못해 마음과 몸이 늘어지는 듯한 느낌은 있었지만 특별한 어려움은 없었다. 그것도 아이의 음낭수종 수술과 회복으로 자연스럽게 지나가리라 생각하고 있었다.

　2020년 2월 10일 새벽, 엄마가 집에 오셨다.

　속이 더부룩하고 식사 때마다 불편함을 느꼈는데 시간이 지나도 나아지지 않아 대학병원에서 CT 촬영과 위내시경을 하시고 검사 결과를 듣는 날이다. 엄마와 이런저런 이야기를 잠시 나눈 후에 엄마는 병원에 가셨다. 몇 시간이 지난 뒤 엄마로부터 내시경 검사 후 보호자가 필요하다는 전화를 받고 서둘러 병원에 도착했다.

　회복실에 계시는 엄마를 만났다. 엄마는 식은땀까지 흘리시면서 움직이기 힘들어하셨다.

　웬만하면 별 내색을 안 하시는데 엄마가 정말 아프시구나 하는 생각이 들었다. 잠시 엄마에 대해서 생각해 본다. 누가 가르쳐 준 것도 아닌데 엄마가 되면 자연스럽게 참는 것을 배우게 되는 것 같다.

　나도 엄마가 되어보니 알겠다. 신체적인 아픔도 마음의 아픔도 혼자 감당하는 것에 익숙해진다. 엄마가 아파하는 모습을 별로 본 적이 없다는 기억이 떠올라 엄마의 삶이 주마등처럼 스쳐 지나갔다. 잠시 기다렸다가 의사를 만나 검사 결과를 들었다. 식도가 조금 부어 있지만 걱정할 정도는 아니라고 했다. 내가 보아도 위는 깨끗해 보였다. 며칠 전에 진행한 CT 촬영 검사 결과를 물어보았다.

　갑자기 의사가 서두르는 듯한 모습을 보이며 입원해서 검사해 보는 것이 좋겠다고 말했다. 환자의 간에 이상한 것이 보인다고 말하면서 그것이 단지 간에만 이상이 있는 것인지 다른 부분에서 이상이 생긴 것이 간에 전이된 것인지 잘 모르겠다고 했다. 의사는 암일 가능성도 있다고 하면서 당사자에게 말하면 너무 놀랄 수 있어서 보호자인 나에게만 말한다고 했다.

'침착하자. 일단 침착하자.'

입원을 기다리는 동안 엄마와 이런저런 이야기를 나누었다. 엄마와 소소한 일상 이야기를 나누면서 한가로운 시간을 보냈지만 내 머릿속은 여러 가지 생각으로 복잡했다.

'엄마와 이렇게 이야기하는 시간이 많지 않으면 어떻게 하지.'

나는 엄마의 얼굴을 바라보고 또 바라보았다.

병원 지하에 가서 세면도구와 슬리퍼, 그리고 입원에 필요한 몇 가지 물건들을 샀다. 병실에서 엄마가 옷을 갈아입는 것을 확인하고 간호사에게 궁금한 몇 가지를 물어본 뒤에 병원을 나왔다. 집으로 가는 전철을 기다리는데 자꾸 눈물이 난다.

2020년 2월 11일

다음 날 엄마는 새벽 5시경 췌장 MRI 촬영과 간 조직 검사를 하셨다. 나는 답답한 마음에 엄마에게 여러 번 전화를 걸어 진행이 잘되고 있는지 확인했다. 오전에는 통화가 되지 않다가 오후에야 엄마와 통화가 되었다. 엄마 목소리가 좋지 않다. 많이 아파서 진통제를 맞으신 모양이다.

저녁에 엄마를 찾아갔다. 어제의 모습과는 또 다르게 확연히 힘들어하시는 모습이셨다. 간 조직 검사 후 지혈을 위해서 복대를 하고 모래주머니 같은 것을 배 위에 올려놓고 4시간 정도를 누워계셔야 했으니 가만히 있어도 힘든 배가 얼마나 아프셨을까 하는 생각이 들었다.

"너는 아프지 말아라. 아프니까 너무 힘들다."

엄마의 이 짧은 말에 왜 이리 목이 메는지. 엄마에게 필요한 물건들을 정리해 놓고 간호사에게 검사 진행 상황을 확인했다. 시간이 많이 지나지도 않았는데 엄마가 가족을 걱정하신다.

"아이들 기다리니까 어서 가봐라."

마침 저녁 식사 시간이어서 미음이 나온 것을 보고 그 마음조차도 나에게 먹어보라고 하시면서 우유는 아이들 갖다주라고 말씀하신다. 엄마는 늘 가족 이야기뿐이다. 엄마 본인은 뒷전이다.

나도 아이를 키우는 엄마가 되고 보니 엄마의 마음을 조금은 알 것 같다. 가족을 챙기는 일뿐만 아니라 엄마가 자신을 스스로 돌보는 것도 중요한데 그게 잘 안된다.

우리 엄마는 40년 넘게 그리 사셨으니 그 모습이 당연한지도 모르겠다.

오늘은 어제와 다르게 더 마음이 아프다. 눈물도 더 많이 난다. 왠지 엄마의 모습이 오늘따라 더 할머니 모습 같아 보여서, 우리 엄마는 할머니가 맞는데, 할머니 모습으로 보이는 게 맞는데, 그게 왜 이렇게 오늘은 나의 마음을 아프게 하는 걸까.

2020년 2월 12일
예약해 두었던 첫째 아이의 음낭수종 수술 날이 되었다. 아침 7시에 병원에 도착해서 당일 입원을 하고 기다렸다. 오전 9시 30분에 예정이었던 수술이 오후 2시로 연기되었다. 수술을 기다리는데, 전화가 왔다. 엄마가 계시는 병원의 소화기 내과 담당 의사였다. 의사는 엄마의 간 조직 검사 결과는 아직 안 나왔지만, 담관암이나 췌장암으로 인한 전이로 보인다고 말했다. 나는 암이 확실하냐고 재차 물었다. 그는 아직 조직 검사 결과가 안 나왔기 때문에 100% 확실한 것은 아니지만 의사의 소견으로 볼 때는 거의 확실하다고 말했다. 나는 전화를 끊고 잠시 멍하니 앉아 있었다.

곧이어 아이의 수술 시간이 되었다. 수술실까지 가는 이동 침대가 와서 아이를 뉘었다. 그때부터 아이는 무서운지 울기 시작했다. 항생제를 맞고 나서는 구토를 했다. 진정이 잘 안되는 아이는 마취제를 맞은 이후에야 잠이 들어 수술실에 들어갔다. 아이를 들여보낸 후에 잠시 생각했다.

'앞으로 이제 난 어떻게 해야 하지.'

시간이 얼마 지나지 않아 아이가 수술이 끝나고 회복실에 있다는 전화를 받았다.

회복실 앞에서 아이를 만났다. 마취가 풀리자 고통이 느껴지는지 아이는 진통제를 맞을 때까지 계속 짜증을 내며 울었다. 그런 아이를 달래고 또 달랬다. 7세로 처음 수술을 하면서 아파하는 나의 아이와 68세로 처음 암 진단을 받고 힘들어하는 우리 엄마. 그 고통을 비교할 수는 없지만 내 아이에게는 엄마인 내가 항상 곁에 있는데 우리 엄마에게는 엄마가 없다는 사실이 마음 아팠다. 20분 남짓한 수

술을 하는 아이 옆에는 내가 있는데, 더 큰 고통을 견디어내야 하는 우리 엄마는 혼자 계신다. 집에 와서 아이들을 재우며 또 하루가 지나간다. 엄마가 너무 보고 싶다.

엄마와 함께한 두 달간의 여행

엄마가 돌아가신 지 3년이 지났다. 그리고 나는 엄마와 함께한 마지막 그 여행을 통하여 비로소 독립한 인간으로 성장해 가고 있다는 것을 깨닫는다. 엄마와 나를 동일시 했던 시간을 뒤로 하고 이제야 나는 자아분화를 하고 있다.

누리나래 학당에서 만난 선생님들과의 글쓰기를 통해서. 데이브 레이크 대학원에서 만난 교수님들과 선생님들과 함께 치유와 성장을 경험하면서. 그리고 내 삶의 원천이자 에너지인 가족으로 인하여. 또 나 자신을 대면하면서 말이다.

가끔 나는 3년 전 엄마와 함께 했던 그 여행의 시간으로 돌아갈 때가 있다.

"우리 딸, 엄마가 없어도 괜찮아. 넌 혼자가 아니란다."

그리고 이렇게 말해주는 엄마의 목소리가 들리는 것 같다.

'너에게는 신이 주신 회복의 능력이 있고 사랑하는 남편과 두 아이가 있고 너의 세상을 구성하고 있는 여러 친구와 선생님들과 선후배들이 있고 또한 너를 마음 놓고 드러내 보일 수 있는 안전한 공동체가 있으니 이제는 그만 슬퍼하고 용기를 내렴.'

엄마는 이렇게 말하고 싶으셨던 것이 아닐까 생각해 본다. 이제는 엄마와 함께한 그 슬펐던 추억을 내 인생 최고의 여행으로 바꾸고 싶다. 엄마와 함께했던 마지막 두 달간의 여행.

그 시간이 내 인생 최고의 여행이 되는 인생을 살았으면 좋겠다.

때문에/덕분에

때문에

붉어진 눈시울을 보이기 싫어 세수를 했다. 하지만 차가운 물방울이 세차게 얼굴에 부딪힐수록 더욱 눈물이 흘렀다. 세면대를 붙잡고 서서 그냥 울었다.

6살, 3살 두 아이를 데리고 놀이터에 갔다. 숨바꼭질도 하고 그네도 타고 시소와 미끄럼틀도 탔다. 한참을 놀고 아이들 저녁까지 먹이고 보니 밖이 어두워졌다. 천천히 아이들과 걸었다. 집에 도착해 아이들을 목욕시키고 아이들에게 그림책도 읽어주고 한바탕 총싸움놀이도 한 이후에 하루를 마무리했다.

아이들이 잠든 고요한 밤에 다시 눈물이 난다.

나는 왜 우는 걸까.

아이들이 아직 어리고 엄마의 관심이 필요하지만 나는 공인중개사 공부를 시작했다. 1차와 2차 시험은 1년씩 준비하기로 마음먹었다. 밤에는 5살과 2살 아이를 재우고 새벽에 식탁에 앉아 책을 폈다. 몸은 피곤했지만, 마음은 즐거웠다. 그 시간이 행복하게까지 느껴졌다. 도와주는 사람이 없어도 이 정도는 혼자 해낼 수 있었다. 하지만 2차 시험의 마지막 한 달 동안은 집중할 수 있는 시간이 필요했다. 그 시간만 누가 좀 아이들을 봐줬으면 하는 생각이 간절했다.

엄마가 오셔서 아이들이 잠잘 때 같이 계셔 주시면 나는 새벽에 집 앞 스터디카페로 향했다. 공부를 마무리하면서도 몇 시간만 더 했으면 좋겠다는 아쉬움을 가지고 발걸음을 옮겼다.

그리고 2차 최종시험에 한 문제 차이로 불합격했다.

합격 후 무엇을 해야겠다는 구체적인 계획이 있었던 것은 아니었다. 다만 이삼십 대에 누적되었던 패배감을 회복하고 새로운 시작을 위한 첫 도전으로 합격이란 결과가 필요했다. 그러나 나는 다시 실패하고 새로운 출발로 나아가지 못하고 있었다. 예전에는 그 이유가 '엄마' 때문이라고 생각했는데 지금은 '아이들' 때문이라는 생각이 들었다.

너무나도 사랑하면서 지긋지긋하게 느껴지는 이 '가족' 때문에.

묘하게 얽혀 있는 두 가지

지난 세월을 돌이켜보면 내 인생에는 두 가지 단어가 있다.

한 가지는 '가족'이고 또 한 가지는 '법(法)'이다.

그런데 이 두 가지는 묘하게 얽혀 있다.

아버지 없이 힘들게 사시는 어머니를 위해서 내가 할 수 있는 일, 가난하고 힘없는 우리 집을 일으켜 세울 수 있는 일 그것이 법 공부를 하는 것이라고 나는 막연하게 생각했는지도 모른다.

그렇게 '법 공부'는 내 인생의 한 축이 되었다.

그리고 그 과정에서 남편과 사랑스런 두 아이도 얻었다.

하지만 원가족으로 인해 시작되었던 법 공부는 '가족' 때문에 다시 어려운 일이 되었다.

대학을 졸업할 무렵 오빠는 결혼하여 분가했고 나는 하루 종일 일하느라 바쁜 어머니를 대신해서 대부분의 집안일을 도맡아 했다.

계속되는 이사.

오래되어 헐고 너절하게 된 자동차 수리.

그 외에도 크고 작은 집안의 여러 가지 일들을 해결하면서 나는 내가 공부하는 학생인지 할 일 없는 백수인지 알 수 없는 경계를 넘나들며 지지부진한 시간을 보냈다.

오랜 세월이 흐른 후 다시 법과 마주하게 되었고, 이번에도 아이들 바로 '가족'으로 인해 정체되고 있다는 사실을 깨달았을 때 눈물이 터진 것이다.

덕분에

그러나 그다음 해, 나는 공인중개사 시험에 합격했다.

그리고 나의 오랜 실패의 고통은 책을 쓸 수 있는 자산이 되었다.

가족에 대한 원망은 나를 돌아볼 수 있는 단초가 되어주었다.

복잡하게 얽혀 있던 '가족'과 '법 공부' 두 가지의 짐이 오히려 나 자신을 더 깊이 이해하고 사고를 확장할 수 있는 원동력으로 바뀌기 시작한 것이다.

내가 이루고 싶은 것을 이루지 못한 꿈의 상실.

내 삶의 전부였던 어머니의 상실.

나만의 정체성의 상실.

하지만 성숙이란 그 상실에 익숙해지는 과정이 아닐까 하는 생각이 든다.

그리고 이제야 조금씩 내 경험의 의미와 가치를 알게 되었다.

세상을 바꿀 힘은 내게 없지만, 내 안에 있는 세상을 바꿀 힘이 있다는 것을 배우면서 말이다.

바로 '가족' 덕분에!

돌고 도는 인생 그 지루함과 특별함에 대하여

돌고 도는 내 인생의 시작은 2019년 3월 22일

내가 처음 글을 쓰게 된 것은 2019년 3월 22일 블로그를 통해서다.

그 전의 글쓰기는 학창 시절에 즐겨 썼던 일기와 대학교 과제였던 리포트가 전부였다.

나는 왜 글을 쓰게 되었을까.

어린아이를 키우는 초보 엄마로서의 삶이 힘겨웠기 때문이다.

아이를 양육하는 방법도 모르겠고, 부부가 어떻게 하면 사이좋게 지낼 수 있는지도 모르겠고, 여자로서 내 삶은 더욱 모르겠는 그 답답함을 해소할 수 있는 길은 글을 쓰는 것 뿐이었다.

그래서 그냥 글을 썼다.

주제도 없고 형식도 없었다.

지루한 인생

글을 쓰던 첫 해 2019년에는 필사 수준이었다.

책의 내용을 베끼어 쓰는 것이다.

쓰다 보니 양이 너무 많았다.

이해하기 힘들거나 페이지가 많은 책은 글을 끝내기가 어려웠다.

그래서 두 번째 해 2020년에는 양을 줄여서 베꼈다.

그래도 양이 많았다.

세 번째 해 2021년에는 어떻게 쓸까 고민하다 보니 조금씩 내 생각이 생기기 시작했다.

책을 읽다가 생각이 머무는 곳에 나의 의견을 덧붙였다.

나만의 통찰력이 조금씩 생기기는 했지만, 여전히 나의 글은 다른 사람들의 글과 다른 듯 같은 듯 아리송하기만 했다.

특별한 인생

그리고 올해 2023년이 되었다.

시대, 종교, 성별, 인종, 문화와 관계없이 세상에는 사람들이 중요하게 여기는 공통된 가치가 있는 게 아닐까 생각해 본다.

어느 나라에 살든, 어떤 종교를 믿든, 어떤 나이든 간에 우리는 특정한 무엇을 추구한다.

그래서 같은 주제에 대한 수많은 이야기가 쏟아져 나오는 것이다. 하지만 그 주제를 말하는 작가들은 각자의 환경에서 다른 삶을 살아간다.

그런 이유로 인해 우리들은 같은 주제의 글을 반복해 읽으면서도 다양한 느낌과 다른 감동을 받는다.

그리고 같은 주제의 글임에도 불구하고 그것은 글쓴이만의 특별한 글이 된다.

 그동안 써왔던 나의 글을 되돌아 보았다.

 내가 그동안 다른 사람들이 말하는 같은 이야기를 쓰면서 왜 다르다고 느꼈는지 이제야 알 것 같다.

 나의 인생은 지루함과 특별함의 반복이다.

 때로는 다른 이들과 같은 삶을 살아가면서 심심하고 지루하다.

 때로는 다른 이들과 다르게 살면서 다채로움과 고유함을 경험한다.

 나는 지금 인생의 어디쯤 있는 걸까.

이성은

아버지의 노래

상처 속에서 꽃은 피고

달콤살콤 내일을 꿈꿀까나

너의 마음을 말해봐

천상의 아름다운 여인

♣ 이성은 스토리 : 양치는 소녀 이야기

이성은의 어린 시절은 자연을 향한 다양한 경험과 도전으로 가득했다.

산골짜기에서 양들을 키우며 부모님과 함께 자란 성은은 자연에서 많은 위안과 영감을 얻었다.

양들과 함께 깊은 산 계곡에서 늑대를 만나 무서움에 떨기도 했었던, 어린 소녀 성은은 꿈꾸는 목동이었다.

어린 시절 아버지가 읍내에 있는 헌책방에서 구입한 책으로 손수 나무로 짠 책장에 책들을 방안 가득 꾸며 주셨는데 독서에 대한 어린 성은의 사랑은 이때부터 시작되었던 것 같다.

이후 초등학교 시절 학교 도서관에서 읽었던 재미있는 동화들은 어렸던 성은으로 하여금 상상의 나래를 한껏 펼치게 해 주었다.

중학교 시절에는 각본에 관심이 많아 스스로 시나리오를 써보기도 했고, 고등학교 시절에도 계속해서 사춘기 소녀 성은의 가슴을 뛰게 하는 것은 독서였다.

그 시절, 그녀는 독서를 통해 다양한 많은 사람을 만나고 좀더 넓은 세계로 나아갈 수 있었다.

결혼하고 자녀가 태어난 후, 어머니로서 역할과 자녀를 양육하는 과정 가운데 그녀 스스로 부족함을 깨닫고 두 자녀를 위해 평생 기도하는 어머니가 되기로 결심하고 실행에 옮겼다.

현재 그녀는 콜센터에서 근무하면서 전화로 고객들과 소통하는 업무를 하고 있다.

그녀의 삶의 경험을 통해 본인이 일관되게 사랑하는 것은 자연, 독서, 글쓰기, 기도라는 것을 깨달았다.

그녀는 오랜 콜센터 경험을 통해 사람들을 이해하고 경청하고 위로하는 법을 자연스럽게 배우게 되었다. 이것은 성은만의 큰 자산이다.

앞으로도 그녀는 글쓰기와 독서를 계속하고 글을 쓰기 위해 글을 사랑하는 사람들과의 관계를 유지하며 평생 기도하는 어머니가 되는 삶을 살기를 원한다.

또한 콜센터 경험을 살려 글쓰기와 연계된 전화 사역을 통해 소통이 필요한 사람들을 도우며 그들을 위로하는 삶을 살고 싶어 한다.

그녀는 이제 새롭게 발견한 목적의식과 방향성을 바탕으로 열정과 결단력을 가지고 새로운 인생의 여정을 향해 걸어갈 준비를 하고 있다.

그녀는 자연이 주는 기쁨, 가족의 사랑, 소통의 힘으로 가득 찬 그녀만의 이야기를, 우리들의 이야기를 써 내려갈 예정이다.

그녀의 여행은 이제부터 시작이다.

아버지의 노래

저승사자

내가 저승사자를 만난 날, 평생 잊지 못할 그날은 세상이 순식간에 어둠 속으로 빠져들고 저승사자와 아빠, 그리고 나만이 존재하던 칠흑 같은 밤이었다.

하루 중, 가장 어둠이 짙다는 동이 트기 전 새벽, 두 명의 저승사자가 우리 집을 찾아왔다.

서릿발 같은 섬찟하고 으스스한 기운이 느껴졌다.

검은색 옷을 입은 두 남자가 눈앞에 우뚝 서 있었다.

온몸에 소름이 쫙 돋았다.

그들은 도포 모양의 검은색 옷을 입고 검은색 갓을 쓰고 있었다.

얼굴은 거의 푸른빛에 가깝도록 창백해서 핏기라고는 찾아볼 수가 없었다.

입술 역시 표정에 걸맞게 짙은 검 보라색이었다.

그들은 무표정한 납 인형 같은 얼굴과 억양 없는 목소리로 "네 아빠를 데려가려 왔다"고 말했다. 아니 입술은 움직이지 않았지만, 본능적으로 나는 그 말을 알아들을 수 있었다.

지금 당장 데려가야 한다고 했다.

그런 그들 곁에 아빠는 힘없는 모습으로 아무런 말도 반응도 없이 허수아비 같은 모습으로 쓰러질 듯 서 있었다.

"안 돼요, 우리 아빠 데려가지 마세요. 절대 안 돼요. 우리는 아빠 없으면 살 수가 없어요. 제발 부탁이에요. 아빠 대신 나를 데려가세요. 아빠는 절대 안 돼요."

나는 울며불며 애원했다.

아빠를 이대로 보낼 수는 없었다.

아빠가 없는 우리 집을 생각하니 눈앞이 캄캄했다.

아빠 없이 엄마와 우리 4남매는 어찌 살아가야 한단 말인가!

나는 죽을힘을 다해 아빠의 다리를 붙잡고 매달렸다.

아빠를 이대로 놓치면 다시는 볼 수 없다는 것을 본능적으로 알았다.

내가 죽는 한이 있더라도 아빠를 보내면 안 된다는 결연한 의지로 아빠의 다리를 붙들었다.

눈물 콧물이 뒤범벅이 된 끔찍한 위기 속에서 아빠를 붙들고 계속해서 저승사자에게 매달렸다. 아빠 대신 나를 데려가라고, 내가 대신 가겠다고, 제발 나를 데려가 달라고 필사적으로 매달리며 애원했다.

시간이 얼마나 흘렀을까.

그들이 그런 나를 보면서 표정 없는 얼굴로 고개를 절레절레 흔들더니 서서히 멀어져 갔다.

그리고 홀연히 사라져 버렸다.

꿈이었다. 지독하고 무서운 악몽이었다.

잠에서 깨어나 보니 온몸이 땀으로 흥건해 있었고 사지를 옴짝달싹할 수가 없었다.

참으로 이상한 꿈이었다. 꿈이라기엔 너무 생생하고 선명한 기억이었다.

오랜 세월이 흐른 지금도 그날 밤 꿈에서 만났던, 표정을 읽을 수가 없어서 더욱 무서웠던 저승사자와의 그날 밤 꿈속 만남을 잊을 수 없다.

아버지와 서원기도

어느 날 갑자기 아무런 이유도 없이 아빠가 병석에 누우셨다.

항상 건강하셨던 아빠는 그날 이후 자리에서 일어나지 못하셨다.

무속신앙에 심취해 있던 엄마는 '어쩌면 느그 아빠가 저러다가 죽을 수도 있겠다고.' 시름이 가득 담긴 목소리로 말씀하셨다.

무당에게 어떤 이야기를 전해 들으셨는지 이 집터가 그런 집터라고, 이 집에 들어와 살고 있는 사람마다 다 죽어 나가는 불길한 집터라고 하셨다.

우리 집 전에 살던 순이네 아빠도 그래서 농약을 먹고 돌아가신 게 틀림없다고 하셨다.

순이 아빠가 그렇게 죽어 나가서 남은 가족들도 한밤중 몰래 도망치듯 부산으로 떠나지 않았느냐고 비통해하셨다.

엄마는 아빠에게 당장 무슨 나쁜 일이 일어날 것처럼 날마다 눈물

바람을 멈추지 않으셨다.

그 후 아빠는 한동안 자리에서 일어나지 못하셨다.

우리 집은 예견된 초상집 전의 가정처럼 불길하고 어두운 기운이 감돌았다.

나는 두려움으로 겁이 덜컥 났다.

누구보다 아빠를 사랑했던 나는 그렇게 허망하게 아빠를 떠나보낼 수는 없는 노릇이었다.

나는 어린 나이에도 아빠를 위해 무엇을 해드릴 수 있을지 매일 고민했다.

부엉이마저 구슬피 울던 날,

유난히 크고 밝은 보름달이 칠흑 같은 어둠을 밀어내며 뚜렷하고 새까만 산의 형상을 더욱 무섭게 만든 밤이었다.

앞산에서 무서운 짐승이 마당 달빛에 훤히 드러난 나를 잡아먹을 듯 노려 보고 있을 것만 같았다. 그러나 나에게 있어 밤 짐승보다 더 무서운 건 아빠의 죽음이었다.

아빠만 병석에서 일어날 수만 있다면 모든 두려움을 다 이겨낼 수 있을 것 같았다.

환한 달빛을 의지하여 나는 마당의 어둠 속에서 조용히 무릎을 꿇었다.

엄마는 무속신앙에 빠져 있었지만 나는 언제부터인가 하나님의 존재가 있다고 느껴졌다. 무슨 계기였는지는 잘 기억나지는 않지만, 하나님은 내 기도를 들어주실 것만 같았다. 그래서 간절히 기도했다.

"하나님 저 소원이 하나 있어요. 꼭 들어주세요."

"우리 아빠를 살려 주세요. 우리 아빠만 살려 주시면 제가 수녀가 돼서 평생을 하나님과 함께할게요. 제발 제 소원을 꼭 들어주세요. 하나님."

열 살이 갓 넘은 어린 나이에 나는 아무것도 모르고 하나님께 기도했다.

그때는 몰랐지만, 기독교인이 되고서야 알았다. 나의 기도가 서원기도였다는 것을.

서원기도는 하나님께 약속하는 기도이기 때문에 아무나 해서도 안 되고 만약 서원했을 때 막중한 책임이 따르는 기도라는 것도 어른이 되고서야 알았다.

달 밝은 깊은 밤, 첩첩산중 깡촌 시골 마당 한구석에서 무릎을 꿇은 그 어린 소녀의 간절한 기도를 하나님은 들으셨던 걸까?

그날 저녁, 나는 저승사자를 만나는 꿈을 꿨고 아빠는 기적처럼 다시 일어나셨다.

그날 이후 우리 가정에 다시 찾아온 평화와 함께 우리 가족은 서서히 일상을 찾아갔다.

그리고 그날 밤의 그 일들은 내 기억에서 서서히 희미해져 갔다.

치매와 기억 사이

아빠에게 치매가 찾아왔다.

기억은 흐려져도 감정만을 오롯한 것, 그것이 치매라고 한다.

아빠가 요양병원에서 가족과 딸들을 찾는다는 얘기를 전해 들었다.

소리 없이 마음에 통증이 가해지면서 가슴이 미어져 왔다.

아빠가 새벽 1시가 되면 치매 증상 중의 하나인 섬망 증상이 나타나서 유령처럼 병원을 여기저기 돌아다닌다고 한다.

그러시다가 심지어는 화장실을 침실처럼 여기고 주무시기도 한다는 얘기가 전해져 왔다.

며칠 전에도 새벽 1시가 되자 환자복을 벗어 던지고 빨리 집에 가야겠다면서 집에서 가족이 자신을 기다리고 있노라며 본인의 옷을 찾으셨다는 얘기를 전해 들었다.

가슴이 찢어질 듯 아팠다.

이 노릇을 어찌하면 좋을까~.

하나님 아빠를 어찌하면 좋을까요?

한번은 병원 면회를 가신 엄마와 동생을 붙잡고 '한 이틀 정도만 집에서 자고 오면 안 되겠냐고' 했다던 아빠의 말을 전해 듣고 너무 가슴이 아파서 하염없이 눈물이 났다.

퇴근길 길을 걷다가 주위의 시선도 아랑곳하지 않고 마냥 걸으면서 울었다. 이 상황에 체면 따위가 무슨 소용이란 말인가!

그날, 아빠의 마음 가운데 지난 세월의 어떤 따스한 기억들이 돌아왔던 걸까?

꿈을 꾸었다. 어린 시절 무서웠던 저승사자를 만났었던 꿈 이후 평생을 살면서 아빠가 꿈에 나타나는 일이 손꼽을 정도인데 연이틀 아빠가 꿈에 보였다.

병원에 입원하시기 전에 잘못했던 일로 꿈에 아빠에게 용서를 구했다.

치매 증상이 심해지고 거기다가 알코올이 더해지면서 유난히 엄마에게만 순간순간 격한 감정을 드러내신 아빠를 피해 잠시 집을 떠난 엄마는 군산에 있는 남동생 집에 머물고 있었다.

그때부터 아빠는 엄마를 찾아 이른 새벽부터 한밤중까지 시도 때도 없이 나에게 전화를 걸어왔다. 술에 취한 거나한 목소리로.

"그 여자 어딨냐?"

"네? 그 여자라뇨? 누구를 말하는 거예요?"

"니 엄마 말이다."

아빠의 말에 충격을 받았다. 평생을 함께 살아온 배우자를 일컬어 그 여자라니….

도대체 아빠는 왜 저러시는 걸까?

서로 입을 맞춰 엄마는 서울 병원에 입원한 상태라고 말하기로 했었는데 아빠의 말에 적지 않은 실망감에 휩싸인 나는 그날 이후 아빠의 전화를 피했다.

거짓말은 또 다른 거짓말을 잉태하고 무엇보다 아빠에게 거짓말을 하는 게 마음에 걸리기도 했다. 아니 좀 더 정확히 말하자면 아빠를 향한 실망감에 통화를 하기 싫은 마음이 컸었다.

"아빠, 정말 죄송해요. 거짓말할 수 없어서 그랬어요. 그럼에도 아빠의 전화는 받았어야 했는데 제가 정말 잘못했어요."

나는 꿈속에서 진심으로 사죄하면서 울었다.

아무리 그렇더라도 아빠 전화는 꼭 받았어야 했는데 죄송하다고 엉엉엉 울었다.

꿈에 아빠가 나를 꼬옥 안아 주시면서 '알았다, 괜찮다'고 말씀해 주셨다.

그렇게 꿈속에서 아빠와 오랫동안 서로를 껴안고 오열했다.

비록 꿈속에서 받은 용서였지만 실제로 아빠에게 용서받은 것처럼 마음에 위안을 얻고 비로서 나의 마음의 평화가 찾아왔다.

아빠가 병원에 입원하시기 전, 아빠 전화를 거부했었던 그 일이 그토록 내 마음을 불편하게 붙잡고 있으리라고는 미처 생각하지 못했다. 아빠가 병원에 계시다 보니 모든 게 상처고 아픔이다.

아버지의 노래

"꽃피는 동백섬에 봄이 왔건만
형제 떠난 부산항에 갈매기만 슬피 우네
오륙도 돌아가는 연락선마다
목메어 불러봐도 대답 없는 내 형제여
돌아와요 부산항에 그리운 내 형제여"

내가 여섯 살 때쯤이었을까?

할머니가 계신 고향 집에 놀러 갔다가 집으로 돌아오는 날, 할머니 댁 사립문을 뒤로 하고 구불구불한 샛길을 걸어 나오시면서 아빠는 조용필의 '돌아와요 부산항에'를 부르고 또 부르셨다.

어린 나이였지만 아빠의 목소리에서 왠지 모를 깊은 슬픔과 여운이 진하게 느껴졌다.

고향 집 앞 사립문에 서서 아빠의 모습이 보이지 않을 때까지 떠나가는 아빠의 뒷모습을 하염없이 애닯게 쳐다보고 있는 할머니의 애잔한 눈길 때문이었을까?

내가 뒤돌아볼 때마다 할머니는 '어여 가라고 어여 가라고' 오른손을 들어, 뒤에서 앞으로 커다랗게 휘저으면서 손짓하셨다.

그리고 할머니는 우리가 작은 점이 되어 보이지 않을 때까지 망부석처럼 그곳에 오래도록 서 계셨다. 그럴수록 아빠가 부르는 노래는 깊은 슬픔과 애절함이 깊었다.

아빠는 고향 집을 자주 방문하셨는데 첫 손녀인 나를 유난히 이뻐하셨던 할머니 할아버지 때문에 고향 집을 방문할 때마다 나와 동행하셨다.

아빠와의 여행은 어린 시절 나에게는 최고의 기쁨이었다.

내가 커서 결혼을 하게 된다면 키도 크고 잘 생기고 다정하기까지 한 아빠 같은 사람과 결혼하리라 맘먹었다.

어디를 봐도 우리 아빠처럼 멋있는 사람을 찾아볼 수가 없었다.

버스를 타고, 기차를 타고, 차를 놓쳐 어둠에 갇혀버린 질퍽거리는 시골 흙길을 희미한 전등 하나 의지하고 걸을 때도 아빠만 있으면 하나도 무섭지 않았다.

그 시절 아빠는 나에게 있어서 세상에서 가장 멋지고 든든한 우상이었다.

그 이후에도 고향 집을 방문하고 집으로 돌아올 때마다 정이 뚝뚝 묻어나는 할머니의 눈길을 뒤로하고 하염없이 불러대던 아빠의 18번은 항상 같은 노래였다.

구성진 음성으로 불러대던 아빠의 '돌아와요 부산항에'의 노랫가락이 아직도 눈에 선하면서 오늘 내 가슴이 아프게 저려온다.

그 노래는 내가 처음이자 마지막으로 들었던 아빠의 노래였고 할머니와 할아버지가 돌아가신 이후, 다시는 아빠의 노래를 들을 수 없었다

아버지를 향한 간절한 부르심 (소명)

이 땅에서의 삶은 영원하지 않다.

성경에서 믿음의 조상 아브라함은 이 땅에서의 삶이 '나그네길의 세월'이라고 말했다.

당신이 살아온 인생 여정은 어떠하셨는지 아빠에게 여쭤보고 싶다.

많이 힘드셨냐고, 때로 행복할 때도 있으셨냐고….

20대 중반에 예수를 믿고 부모님의 영혼 구원을 위해 오랜 시간

기도했다.

항상 나의 기도 제목 1순위였다.

"주 예수를 믿으라 그리하면 너와 네 집이 구원을 받으리라"(사도행전16장31절)

성경에 기록된 이 말씀을 붙들고 간절히 부르짖었다.

오래전, 친정집을 방문해서 아버지에게 4영리로 복음을 전한 적이 있었는데 아빠의 마음과 삶에는 아무런 변화가 찾아오지 않았다. 아빠에게 작은 변화라도 찾아오길 기대했던 나로서는 실망스러운 일이었다.

치매가 오고 청력이 떨어져서 소통마저 어려운 지금, 아버지가 살아오신 기억들마저 서서히 사라져가는 이때에 나는 아빠를 위해 무엇을 해야 하며 무엇을 준비해야 하는 걸까?

지금 이 상황에서 그 무엇이 아빠에게 기쁨이 될까?

괜시리 마음이 조급해져 온다.

이 땅에서 아빠에게 허락된 생이 얼마나 남아있을까?

꿈에서까지 내가 목숨을 다해 지키고자 했던 나의 아빠가 허망하게 이대로 이 땅을 떠나 버리시면 나는 어찌해야 하나?

어린 시절, 아빠와 함께했던 여행들, 그건 아빠가 나에게 준 소중하고 예쁜 선물이었다.

오롯이 아빠와의 여행이 좋아서 마냥 기뻐했던 작은 꼬마 아이는 이제 중년의 아줌마가 되었다.

그리고 그렇게나 당당하고 폼나게 멋있었던 신사는 작고 초라한 주름진 노인이 되어 병원에서 기억을 잃어가고 있다.

"한번 죽는 것은 사람에게 정한 것이요 그 후에는 심판이 있으리라"(히브리서9:27)

성경은 이렇게 말한다.

내가 아버지의 구원을 위해 끝까지 기도를 놓지 못하는 이유이다.

저승사자와 치열하게 씨름하던 깊은 밤, 어둠 속에서 간절한 마음으로 무릎 꿇었던 소녀의 기도는 중년 여인의 간절한 기도가 되었다.

"하나님! 아빠의 힘들었던 인생 여정을 마무리하는 그 마지막 날에, 아빠의 영혼을 주님 손에 부탁하나이다…"

나는 내일 일을 알지 못한다. 인생은 잠시 나타났다가 사라지는 안개와 같다고 했던가.

이처럼 짧고 덧없는 것이 인생임을 일컫는 말이리라.

"나 하늘로 돌아가리라 아름다운 이세상 소풍 끝내는 날, 가서 아름다웠더라고 말하리라."

천상병 님의 시 '귀천'에서처럼 이 땅에서의 삶은 잠시 왔다 돌아가는 소풍길 인생이 아닐까?

어린 시절 아버지의 손을 꼭 잡고 걸었던 길은 매 순간이 소풍 같았다.

신나고 즐거운 여행을 나에게 선물해준 아빠에게 늦었지만 깊이 감사드린다.

어린 시절 아버지의 넘치는 사랑 덕분에 가난했지만 풍요롭고 마음이 풍성한 사랑의 삶을 살았다고 감히 고백한다.

아빠가 채워주신 넘치는 사랑이 있었기에 나의 아들딸, 영훈이와 시온이를 마음을 다해 사랑으로 키울 수 있었음에 감사하고 있다.

그것이 아빠가 나에게 주신 가장 큰 유산이고 선물이다.

부디, 아빠가 가는 마지막 여행길은, 아빠의 인생 전 생애를 통틀어 최고의 여행길이 되기를 간절히 기도한다.

이 땅을 떠나시는 그 마지막 날에 아빠가 하나님 품에 폭삭 안겨서 수고하고 무거운 짐을 온전히 내려놓고 참 평안과 자유를 누리시기를 간절히 기도한다.

사랑하는 아빠가 이 땅을 떠나가는 날, 그날이 아빠의 인생 최고의 여행길이 되시기를,

그래서 언젠가 먼 훗날, 나 역시 나의 인생 최고의 여행길, 그 마지막 여정에 우리가 천국에서 다시 만나 얼싸안고 기뻐하며 덩실덩실 함께 춤출 수 있기를 간절히 기도해 본다.

내가 산을 향하여 눈을 들리라. 나의 도움이 어디서 올까.

"나의 도움은 천지를 지으신 여호와에게서로다"(시편 121:1~2)

아빠, 안녕! 하늘에서 우리 다시 만나요.

빨간 장미가 수줍은 듯 흐드러지게 피어나기 시작하던 5월 어느 날, 그 아름답던 날에 나의 아버지는 고통과 아픔으로 얼룩졌던 육신을 홀연히 벗고 하나님 품에 안기셨다.

푸르디푸른 오월의 바람결에, 오래전 아빠가 이 땅에 남긴 아스라한 노랫소리가 다시 들려왔다.

그리움과 서글픔이 서린 바람의 노래가 되어서….

아빠는 이제 그곳에서 행복하실까?

나의 사랑하는 아버지께 이 책을 바칩니다.

상처 속에서 꽃은 피고

아버지의 봉투

"성은아, 이리 와서 앉아 봐라."

그날따라 왠지 비장한 목소리로 아빠가 나를 부르셨다.

"네, 아빠."

아버지의 낮고 깊은 울림이 있는 목소리에는 거부할 수 없는 무언가가 있었다.

방으로 들어가 보니 아빠 앞에 하얀 봉투가 놓여 있었고, 그 안에 무언가가 들어 있었다.

나를 앞에 앉혀놓고도 아빠는 한동안 침묵하셨다.

방바닥을 쳐다보고 있는 아빠의 눈빛과 침묵은 나를 불안하고 불길하게 만들었다.

한동안 침묵을 지키던 아빠가 마침내 입을 열었다.

"성은아!"

"네, 아빠."

"아빠가 지금부터 너에게 하기 어려운 이야기를 좀 하려고 한다."

이윽고 아빠는 내 앞에 의문의 두툼한 하얀 봉투를 밀어 놓았다

"내가 너를 고등학교에 어떻게 해서든 보내보려고 이 등록금을 어

렵게 구해왔다."

"하지만 너도 알다시피 우리 집 형편에 앞으로 계속해서 너를 학교에 보낼 수 있을지 약속할 수가 없구나. 그래서 하는 말인데 말이다. 너의 친구 순자 언니가 다니는 산업체 학교로 너도 진학했으면 좋겠다는 생각이 드는구나. 네 생각은 어떠냐?"

순간, 나는 아무런 말을 할 수가 없었다. 아니 아무런 말이 생각나지 않았다.

나는 한 번도 고등학교 진학이 순탄치 않을 거라는 생각은 해본 적이 없었다.

내 인생에 이런 일이 생길 거라곤 단 한번도 상상조차 하지 않았기에 그 순간 그야말로 머릿속이 하얘졌다.

입술과 입술이 서로 붙어버린 것처럼 입을 뗄 수가 없었다.

아빠는 이미 모든 것을 다 준비해 놓으셨다고 했다.

나만 허락한다면 당장 내일이라도 떠날 수 있도록 기숙사를 포함한 모든 절차를 전부 알아봐 놓으셨고, 내 마음만 결정하면 된다고 하셨다.

그리고 마지막에 그래도 내가 원치 않으면 보내지 않겠다고 말씀하셨다.

배신의 계절

나는 4남 2녀 중 장녀로 태어났다.

아빠를 누구보다 사랑했다.

어릴 때부터 아빠의 사랑을 듬뿍 받았고, 조부모님 댁이나 다른 곳으로 여행을 가실 때면 항상 장녀인 나를 데리고 가셨다.

내가 갓난아기였을 때도 아침에 일어나자마자 가장 먼저 하신 일은 아기인 나를 안고 온 동네 마실을 다니는 것이었다고 한다.

니 아빠가 그렇게나 너를 사랑했다고, 엄마는 자주 말씀해 주셨다.

거나하게 술에 취해 들어오신 날이면 이쁘다고 내 양볼에 뽀뽀하며 부벼대는 바람에 느껴졌던 까칠하던 수염의 거친 감촉들은 지금도 선명히 내 기억 속에 남아있다.

아빠의 사랑임을 알기에 혹여 내 볼에 침이라도 묻을까 봐 남몰래 옷소매로 뺨을 닦아내곤 했지만, 싫다고 뿌리칠 수 없었던 아빠에 대한 유년의 기억들이다.

그렇게 내가 사랑하는 아빠가 어느 날 갑자기 나를 앉혀놓고 남들은 다 가는 고등학교를 보내줄 수 없노라고 말씀하셨다.

아무 말 없이 고개를 떨구고 있는 나를 설득하며 아빠는 나보고 결정하라 하셨지만, 이미 결정된 일임을 나는 알 수 있었다.

"니가 원하지 않으면 보내지 않겠다. 어떻게 할거냐?"

" … "

"네, 갈게요 아빠."

"고맙구나, 미안하다."

고등학교 진학을 앞둔 어느 날, 나는 친구들에게 '안녕!'이란 작별 인사 한마디 못 한 채 홀연히 고향을 떠나왔다.

아주 오래전 내가 기억하는 그날은, 떠나지 않으려는 겨울이 마지막 발악을 하듯 살갗을 에이는듯한 매서운 추위가 피부에 파고들던 날이었다.

기분 탓이었을까? 몸으로 느껴지는 추위보다 마음을 파고들던 서슬퍼런 추위 때문에 마음이 더욱 춥고 시렸던 날로 기억된다.

그 이후 나는 오랫동안 깊이 절망했고 많이 아팠다.

나의 성장통

일은 생각보다 훨씬 고되고 힘들었다.

일하며 공부한다는 것은 쉬운 일이 아니었다.

내가 세상에서 가장 사랑하는 아빠가 나를 그곳에 보냈다는 현실 앞에 아빠를 향한 배신감과 절망의 싹이 내 마음속에 자라가기 시작했다.

늦은 저녁 바닷가에 서서 뱃일을 나간 남편을 하염없이 기다리는 아내처럼, 나는 집에서 단 하나의 소식이 오기를 목을 기다랗게 빼고 애타게 기다리고 또 기다렸다.

'성은아, 그곳이 힘들면 언제든지 집으로 돌아오너라.'

이 소식을 날이면 날마다 간절히 기다리면서 내 가슴은 까맣게 타 들어 갔다.

아무리 기다려도 아빠는, 기다리던 아빠에게서 소식은 오지 않았고, 내 얼굴은 나날이 더욱 하얗게 여위어가고 창백해져 갔다.

어느 날, 나는 알았다.

이제는 기약 없는 기다림을 끝내야 하며, 부모님은 결코 나를 데리러 오지 않을 거라는 것을 알 수 있었다.

이제부터 내 인생은 오롯이 내가 홀로 책임지고 살아내야 한다 생각하고 마음을 굳세게 먹었다.

한 가지 확실히 절로 깨달아지는 게 한 가지 더 있었다. 죽을 만큼 힘들어도 여기서 끝까지 버티고 견디면서 학교만은 졸업해야 한다는 것을 본능적으로 알 수 있었다.

나 자신 스스로 앞으로 나아가게 될 사회인으로서의 준비해야 한다는 생각이 들었고 결코 부모님은 나의 교육을 책임져 주지 못한다는 걸 그때 나는 알아버렸다.

죽지만 않을 정도라면 어떻게든 여기서 견디고, 버티고, 살아내야 한다고 굳게 결심했다.

나는 예쁜 여고생의 꿈을 피워보기도 전에 철이 든 여고생이 되어버렸다.

내 가슴에서 그렇게나 든든하고 다정했던 아빠를 향한 사랑의 기억을 조금씩 접어갔다.

의도적으로, 때로는 아픔과 미움으로.

그렇게 독한 마음을 먹지 않고서는 그 생활을 견디기 힘들었다.

아빠를 향한 나의 사랑은 서서히 작아지고 시들어 갔다.

어쩌면 그동안 내가 예쁘게 가꾸어왔던 아빠의 사랑에 대하여 그 사건 이후 의도적으로 물을 주지 않고 애써 외면해 왔던 건 아니었을까?

파릇하고 싱그러움으로 가득해야 할 나의 여고 시절은 그렇게 상처와 함께 시작되었고 그 푸릇했던 시절, 고되고 힘든 나의 일상을 이기게 했던 건 독서였다.

통영 앞바다를 배경으로 한 박경리 작가의 〈김약국의 딸들〉을 읽으며 김약국 집안의 몰락과 비극에 가슴이 아팠다. 여고 시절 내내 김약국 딸들에 대한 연민과 안타까움에 잠 못 이루며 책을 사랑하게 되었다.

그것은 나의 유일한 기쁨이자 즐거움이었다.

나는 그때의 배움에 대한 갈망과 나를 위축하게 하는 학력 콤플렉스 때문에 자식 교육에 대한 열정에 유달랐다.

모든 면에서 아끼고 절약하며 살았지만 단 하나 교육비 지출은 단 1초의 망설임도 없이 과감히 투자했다. 어쩌면 아이들을 통해 나의 부족함을 보상받고자 하는 나의 심리가 강하게 작용했는지도 모르겠다. 그리고 그런 부분에서 나는 세상적으로 철저하게 실패했다.

큰아이는 엄마의 극성 때문에 공부에 대한 반감이 심했고, 사춘기가 되자 학업을 완전히 포기하고 한동안 방황했다.

기대했던 둘째 딸도 생각만큼의 좋은 성과를 거두지는 못했고 첫 대학 입시에 실패했다. 하지만 딸은 끝까지 자신의 꿈을 포기하지 않고 내일을 향해 뚜벅뚜벅 한 걸음 한 걸음 나아가는 중이다.

하나님께서는 두 아이를 통해 나 자신의 못난 모습을 보게 하셨고 결국은 기도의 자리로 나오게 하셨으며 나는 두 자녀를 위해 무릎

꿇는 어머니가 되었다.

그러하기에 이제 절망하지 않는다.

지금은 아이들이 건강한 모습으로 내 옆에 있다는 것만으로도 감사하다.

부족한 엄마지만 기도하는 엄마이기에 나는 아직 꿈꿀 수 있다.

지금의 삶이 만족스럽지 못 할지라도 지혜롭지 못했던 내 삶의 결과물이기에 그것 역시 수용하며 겸허히 받아들여야 하리라.

인생은 현실이고 때때로 힘들지만, 주님으로 인해 매 순간 나는 힘을 얻는다.

주님은 나에게 여러 가지 연단을 통해서 절망을 버리고 감사하는 법을 배우게 하셨다.

오늘, 주님께서 나를 이 자리에 나오게 하셨고 감추고 싶고 상처가 많은 내 모습 이대로 드러내기를 원하신다.

이런 나를 주님께서 보듬으시고 안아 주시며 치유해 가실 것을 믿는다.

글쓰기로 만나진 이 공동체에서 마주한 내 모습이 상대적으로 작아 보여 주눅이 들기도 하지만 지속적인 글쓰기를 통해 점차 성장하고 치유 받기를 바라며 아름답고 힘찬 내일을 기대해본다.

달콤살콤 내일을 꿈꿀까나

퇴근 후 흐물흐물 늘어져 있는 나를 안쓰러운 듯 한참을 바라보던 시온이가 내게 묻는다.

"엄마 일이 많이 힘들어?"

딸이 물었다.

"어"

그 엄마는 속도 없이 바로 대답한다. '응'이라고.

'아니야, 엄만 괜찮아. 조금 피곤해서 그래. 조금 쉬면 괜찮아질 거야' 등등.

엄마로서 딸에게 체통을 좀 지키면 좋으련만 그 엄마에겐 이런저런 생각할 만한 기력도 체력도 남아있지 않은 듯하다.

"너무 힘들면 다른 데 알아봐. 근데 엄마는 유치원 선생님 했으면 잘했을 것 같아~"

"너도 그렇게 생각하니? 엄마도 그렇게 생각하긴 해. 근데 지금은 너무 늦었어."

"왜 지금이라도 시작하면 되지."

"너두 참~ 엄마 나이가 몇인데 그런 소리를 하니?"

"왜에~ 나이가 무슨 상관이니?"

"뭣이라? 무슨 상관이니? 그래 내가 니 친구다."

"하하하하!"

"깔깔깔!"

딸은 키워 놓으면 친구 같아 좋다던 친구의 말을 실감하는 요즘이다.

어떤 때는 무심한 남편보다 딸이 백 배 더 낫다는 생각을 한 번씩 할 때도 있다.

그래서 "남의 편"의 줄임말로 남편이라고 했다던가.

받기만 하는 막내로 자란 남편은 남을 기쁘게 하는 방법을 모르는 사람이다. 그저 남이 보기에 선하고 좋은 사람이다.

퇴근 후 집에 오면 온몸이 축 늘어지고 너무 피곤해서 아무것도 할 수가 없을 때가 많다.

육체노동이 아님에도 업무 스트레스 강도가 너무 심해서 잠을 자고 나면 온몸이 다 쑤시고 아프기까지 하다.

스트레스가 우리에게 주는 영향력이 얼마나 큰지 다시 한번 생각해보게 된다.

나는 카드사 아웃바운드 콜센타 상담원이다.

남편의 이직과 각종 집안일 때문에 생활의 어려움이 극심했던 시절이 있었다.

그때 나에게 손을 뻗어 준 사람이 있었다.

집에서 마음고생하며 지내는 것보다 몸은 힘들겠지만, 사회에 나와 경제 활동을 해보는 건 어떻겠냐고 나에게 권해준 언니였다.

언니는 자신도 무력하고 아무것도 할 수 없다고 느꼈을 때가 있었다며 자신의 이야기를 들려주었다.

엄마가 능력이 있어야 아이들도 경쟁력 있게 양육할 힘이 생기는 법이니 그렇게 맥 놓고만 집에만 있으면 안 된다고 하면서 열심히 나를 설득했다.

언니는 집에만 움츠리고 있다가는 결국에는 몸도 마음도 다 병들어서 아무것도 할 수 없을 수도 있노라면서 주저하고 망설이는 내 손을 잡아 나를 일으켜 세웠다.

결혼 이후 경단녀(경력단절)였던 내가 다시 사회에 나올 수 있도록 힘과 용기를 주고 현실을 제대로 볼 수 있도록 도와준 고마운 언니였다.

그렇게 나는 내 의지와는 상관없이 떠밀리듯 사회인이 되었다.

그 이후 17년이 넘는 세월을 아웃바운드 콜센터 상담원으로 그렇게 일하다 쉬다를 반복했다. 그리고 지금 내가 다시 서 있는 이곳이 카드사 콜센터이다.

오늘도 걸려오는 전화번호가 이상하다며 나이 드신 어르신이 심히 걱정스럽다는 듯이 나에게 훈계하듯 말씀하신다.

"자네 그런 일(보이스피싱 내지는 사기 전화) 하는 거 자네 부모님은 알고 계시나? 그런 일 해서 도대체 월급은 얼마나 받나?"

보이스피싱 전화가 아니라고 아무리 설명을 해드려도 어르신의 생각은 바뀌지 않는다.

목이 쉬도록 고객들과 시름 하며 지치고 고단할 때도 많지만 "고생이 많아요, 수고해요."라는 고객들의 따뜻한 말 한마디에 다시 힘을 얻고 위로받는다.

콜센터 상담원들의 고충을 헤아리고 따뜻한 말 한마디 건네는 배려 깊고 성숙한 고객들이 있는 한 앞으로도 우리는 지치지 않고 오늘 하루를 살아갈 힘을 얻을 것이다.

우리는 모두 그들의 엄마요, 딸이요, 동생들이고, 언니이고, 누나이다.

또한 고객들은 우리들의 형제요 가족들이다.

"그런데요 상담사 언니, 이거 보이스피싱 전화 아니죠?"

앳된 목소리로 혹여 이상한 전화일까 봐 걱정스럽다는 듯이 수줍게 물어오는 여학생의 여린 음성이 오늘도 날 미소 짓게 만든다.

보이스피싱이 판치는 험한 세상이라 할지라도 그래도 아직은 따뜻하고 살만한 세상이다.

나는 새로운 곳에서의 내일을 꿈꾸며 날마다 마음으로 새로운 곳으로의 출발을 기대한다.

이것이 지금 내가 서 있는 나의 현주소이다.

주저앉고 싶고 낙심될 때도 있지만 그럼에도 불구하고 일할 수 있음에 감사한다.

건강 주셔서 일할 수 있는 직장 있음이 감사하고, 새롭게 손을 내밀어 다시 희망을 꿈꿀 수 있게 도와 준 일들이 있어 감사하다.

다시 꿈을 꿀 수 있다는 건 행복한 일이다.

내일을 기대할 수 있음은 분명 경이로운 일이다.

희망과 두려움이 공존할지라도 두려움은 잠시 내려놓고 희망의 끈을 붙들어 본다.

때로 지난날의 현명하지 못했던 나의 선택이 나를 힘들게 할지라도 너무 많이 자책하지는 말자.

내가 살아 온 수많은 나날 중에 나를 찌르는 가시밭길이 있었을지라도 인생에 한두 번쯤 꼭 넘어야 할 고난의 작은 언덕이라 생각한다.

그렇게 생각하면 그 인생의 산들을, 내가 능히 감당할 수 있는 젊은 시절에 허락하시고 감당할 수 있게 도우신 그 환경들에 오히려 감사하지 아니한가!

그 고난의 시간이 나를 더욱 단단하게 하며 견고하게 만드는 나에게 꼭 필요한 시간이었노라 생각하자.

나를 강하게 훈련시키고 단련시켜서 정금처럼 나아오게 할 놀라우신 그분의 계획하심과 섭리를 기대해보자.

기대와 희망으로 미세하게 가슴이 떨려온다.

전화벨이 울린다.

"엄마!"

"응, 강아지."

"엄마, 나 알바 끝나고 집에 들어가는 길인데 가는 길에 피자 사 갈까?"

"피자는 갑자기 왜?"

"엄마 저번에 아플때 임실 치즈 피자 먹고 싶다고 했잖아."

"아 맞다 그랬지, 고마워 딸."

나뭇잎 위에 톡 하고 떨어져 또르르 구르는 영롱한 아침 이슬처럼 통통 튕기는 딸의 달콤하고 상큼한 목소리에 덩달아 내 기분이 좋아진다.

내 마음에 솔바람이 기분 좋게 살랑살랑 불어온다.

그래 나에겐 네가 있었지!

엄마의 건강을 챙기며 엄마의 마음까지 배려하는 속 깊고 고마운 내 딸.

험한 세상 잘 살아갈 수 있도록 나에게 위로자로 주신 나의 사랑하는 딸~

"사랑해, 시온아!"

"어서 와…"

너의 마음을 말해봐

아수라 백작과 삐죽이 못난이

그 시절, 동생 셋이 있는 큰딸인 나는 사는 게 때로 하루하루가 고 갯길을 넘는 고군분투였다. "머리에는 봇짐을 이고 양손에는 무거운 짐을 들고 가는 것처럼 보인다"고 했던 어느 정신과 의사의 표현처럼 내 삶의 무게가 딱 그랬다.

주변 사람들은 부모님에게 나를 두고 예의 바르고 인사성 좋은 아이로 잘 키웠다고 입에 침이 마르게 칭찬했다. 엄마는 나에게 하루에 동네 사람들을 열 번 만나면 열 번 다 공손하게 고개 숙여 인사를 해야 한다고 가르치셨다.

하지만 어느 때부터인가 내 안에는 불평불만이 하나둘씩 생겨나기 시작했다.

사춘기가 찾아왔던 걸까?

처음부터 그런 건 아니었지만 어느 날부터 나는 마음속에 불만을 가득 품은 삐딱한 못난이가 되어가고 있었다.

엄마가 나에게만 일 시키는 것도 불만이었고, 왜 동생들에게 모든 것을 양보해야 하는지 이해하기 힘들었다.

왜 내가 다 양보해야 하고, 왜 나만 다 참아야 하고, 게다가 힘든 일은 왜 나만 도맡아 해야 하는지 어린 마음에 이해하기 어려웠다.

내가 그래야만 하는 이유는 단 하나뿐이었고, 그것은 항상 같았다.

"니가 언니니까 모범을 보여야지, 넌 큰누나잖아. 큰누나가 동생에게 양보하는 거야."

무법자처럼 부모가 법으로 지정해 놓은 듯한 그 한 마디 말은 매번 날 화나게 했지만 난 화를 낼 수가 없었다.

화를 내면 또 혼만 날 게 뻔했기 때문이다.

그러한 상황들이 때로는 억울하고 슬펐다. 하지만 나는 나의 불만의 감정들을 마음속 깊은 곳에 묻어두었다.

아무도 들여다볼 수 없고 아무도 눈치채지 못할 나만의 공간에 꽁꽁 감추었다.

어린 나이였지만 삶이 그다지 즐겁지 않았다.

학교까지 1시간이 넘게 걸리는 먼 거리의 길을 버스 탈 형편이 되지 않아 걸어 다녀야 했다. 수시로 쌀이 떨어져서 꼴랑 밥 한 그릇으로 쌀죽을 끓여 아빠를 뺀 다섯 명이 나눠 먹어야 했다. 배가 고프고 허기진 삶이 즐거울 리가 있겠는가.

어느 날부터인가 이상한 일들이 내 안에 일어나기 시작했다.

드디어 내 안에 숨겨져 있던 불평과 불만이 하나둘 서서히 꿈틀대기 시작했다.

모든 게 마음에 들지 않았던 삐죽이 못난이의 반란이 시작되었다.

예를 들어 학교에 가서도 선생님이 숙제를 지나치게 많이 내주는 날에는 불평불만이 쏙 고개를 내밀고 불쑥 올라왔고, 갑자기 기분이 불쾌해지면서 화가 나기 시작했다.

그런데 참 이상한 건 친구들은 그 상황에서 아무렇지도 않게 "하하하 깔깔"거리며 웃고 있는 게 아닌가?

'왜 저 아이들은 저렇게 웃고 있는 거지?'

'이 상황에서 왜? 어떻게 웃음이 나오나?'

'다음 수업 시간까지 어떻게 이렇게 많은 걸 다 해올 수 있겠어?'

'이건 너무 부당한 거 아닌가?'

'난 안 할 거야~ 안 해 와서 손바닥을 맞더라도 숙제 절대로 안 해올 거야.'

괜한 오기가 발동을 했다.

선생님의 부당한 숙제를 하지 않는 것으로 대응하는 것이 옳다고 생각했다.

아무리 생각해도 이런 상황에서 철없이 웃고 있는 친구들이 이해되지 않았다.

나는 나만의 최종 결론을 내렸다.

저 아이들은 속도 없는 철부지여서 저런 거라고, 그리고 다들 바보 멍청이들이라고.

그러나 단 한번도 나는 그런 내색을 하지 않았다.

부모님이 만들어 놓은 착한 딸이라는 울타리에 갇혀 있었기 때문에 나의 감정 따윈 중요하지도 않았고 드러내서도 안 되었다.

부모님은 단 한번도 나에게 기분이 어떤지 물어보지 않으셨다.

오리처럼 뚜하고 입을 내밀고 다녔던 그 시절에도 나에게 무슨 불만이 있는 거냐고, 무슨 힘든 일이 있는 거냐고 한 번쯤 물어만 보셨어도 참 좋았을 텐데, 그것마저 묻지 않으셨다.

그 시절의 나에게는 어릴 적 즐겨봤던 만화영화 "마징가 Z"에 나오는 아수라 백작처럼 두 개의 모습이 있다는 생각이 들었다.

하얀 모습의 본연의 나와 억압과 불만에 쌓인 검은 모습의 내가 있었다.

검은 모습의 나는 오직 나만 볼 수 있는 또 하나의 나였다.

불평불만이 나를 사로잡을 때마다 악당인 아수라 백작의 모습이 내 모습 안에 있는 것 같았지만 어느 누구에게도 나의 그 이야기를 털어놓을 수 없었다.

화살이 되어 날아온 나무 주걱

그러던 어느 날, 평생 잊지 못할 그 사건이 터졌다.

무슨 일이 있었는지는 정확히 기억나지 않지만, 그 아침 뭔가에 마음이 상해서 기분이 썩 좋지 않았다. 늘 그렇듯이 엄마는 그 상황을 참아주지 못하셨다.

짐작컨대, 아침 시간에 내 기분을 상하게 하는 일 중의 대부분은 준비물에 필요한 돈이거나 아니면 밀린 등록금을 달라고 엄마에게 얼굴을 찌푸리면서 떼를 썼던 것 같다.

학교에 가면 아침 조회 시간 교내 방송에 등록금을 내지 못한 몇 명의 명단에 내 이름이 며칠째 불렸다. 나는 그 사실이 너무 창피하고 싶어서 학교에 가기가 싫었다.

엄마의 말에 말대꾸가 채 끝나기도 전에 뭔가가 씽 하면서 나에게 날아왔다.

화살처럼 아주 빠르고 강력하게, 순식간에 벌어진 일이었다.

통증을 느낄 새도 없이 미지근한 느낌이 들어 손으로 왼쪽 눈썹 관자놀이 부분을 만졌더니 붉은 피가 줄줄 흘러내리고 있었다.

그날, 나는 엄마의 사과도 듣지 못하고 흘러내리는 피를 황급히 헝겊으로 누른 채 등교했다. 마음이 참으로 참담하고 몰골 또한 처참했다.

학교 가는 내내 눈물이 앞을 가렸고 죽고 싶다는 생각도 얼핏 들었던 것 같다.

그날 엄마는 솥에서 밥을 퍼서 담던 커다란 나무 주걱으로 나의 얼굴 관자놀이에 상처를 입혔고, 나의 마음에는 평생 잊지 못한 아픈 생채기를 남겼다.

내 어린 시절의 삶은 왜 힘겨웠던 걸까?

돌이켜보면 부모님과의 상호작용과 대화, 정서의 주고받음이 거의 없었던 것이 문제였다.

소통의 부재였다.

소통과 표현의 부족은 때때로 고통과 분노, 관계의 단절을 낳는다.

'너의 생각을 말해봐~ 너는 어때?'

'어디가 불편한 거니?'

'네 생각을 엄마에게 말해도 괜찮아.'

불만을 표현하는 것은 정당한 감정이었지만 엄마는 그것을 받아주지 않았다.

아이들이 많은 가정에서 자녀를 양육하다 보면 키우는 과정에서 양보를 가리키게 된다.

양보가 중요하기도 하지만 먼저 아이들의 발달단계에서 가르쳐야 하는 것은 소유를 먼저 가르쳐줘야 한다고 한다.

내 것의 개념을 먼저 배워야 진정한 양보가 가능하기 때문이다.

나는 내 것이 아무것도 없었다.

'이것은 너의 것이지만 네가 언니이기 때문에 동생을 사랑하는 언니의 마음으로 동생에게 양보하는 건 어떻겠니?'라고 물어보실 수는 없으셨던 걸까?

차라리 '싫으면 안 해도 돼'라고 말씀해주셨으면 더 좋았을 걸 그랬다.

그렇게 말씀하셨다면 마음이 약하고 동생들을 사랑했던 나는 자진해서 동생들에게 사랑하는 마음으로 기꺼이 많은 것을 나누었을 것이다. 그리고 엄마를 돕기 위해 집안일도 기꺼이 했을 텐데 참으로 안타까운 일이 아닐 수 없다.

소통의 부재가 낳은 편린들

큰아이를 양육했던 지난 시절의 내 민낯을 마주하는 순간, 부끄러운 마음에 고개를 들 수가 없었다. 나는 그야말로 부족함 투성인 엄마였다.

그 아이를 생각하면 가슴 아플 때가 많다.

기다림에 너그럽지 못하고 한 번 하고자 하는 건 바로 해야만 했던 성격이 급했던 나의 엄마, 그런 엄마의 모습이 정작 내 안에도 답습되어 있었던 건 아니었을까?

사랑하는 나의 아들에게 편안한 마음으로 솔직히 말 할 수 있는 기회를 주었는지 깊이 반성해 본다.

어른과 아이의 관계에서 인정받지 못한 아이는 자신의 요청에 응답받지 못하는 일이 거듭될 때 좌절하고 슬퍼하며, 더 이상 요청하지 않고 곧바로 마음의 문을 닫아버린다고 한다.

나 역시 내가 가장 사랑하는 아이의 요구를 들어주지 않고 묵살한 적이 얼마나 많았던가!

아들 영훈이도 자기만의 방식으로 나에게 자신이 원하는 바를 여러 번 반복해서 요구했던 적이 많았었는데 정작 엄마인 나는 그걸 외면했었다.

그때마다 아들의 마음은 얼마나 속상했을까?

내가 부모에게 느꼈었던 그 상실을 내가 내 아이들을 양육하면서 나도 모르는 사이에 대물림처럼 물려주고 있었다.

내가 부모님과 소통이 부족하고 부모님이 나의 감정을 물어보지 않았듯 나 또한 아들에게 그러한 기회를 주지 않고 살아왔다는 걸

깨닫게 되었다.

나 역시 마음 표현하는 것이 익숙하지 않다 보니 나의 감정을 억압하고 억제하는 삶을 살아왔다.

참고 인내하는 것이 미덕인 양 살아온 시절들이 있었다.

늦은 감이 있지만 이제는 목소리를 내고 표현 할 수 있는 기회를 줘야 할 때다. 변명하지 않고 진심으로 용서를 구해야 한다.

'엄마가 미안했어. 엄마를 용서해'라고.

늦었다고 생각할 때가 가장 빠른 때일 수도 있다.

'엄마도 엄마가 처음이어서 모든 게 서툴렀고 몰라서 그랬어. 지난 시간 동안 엄마가 너에게 잘못한 게 너무 많았고 너의 말을 들어주지 않아서 미안해.'

'영훈아, 많이 늦었지만, 이제는 엄마에게 너의 생각을 말해주겠니? 그 시절의 너는 어땠는지, 네가 얼마나 슬펐었는지. 얼마나 아프고 속상했었는지, 엄마에게 너의 마음을 말해봐. 네가 말할 수 있을 때까지 엄마가 기다릴게…'

그리고 아주 오래전 추억 속의 그날로 되돌아가서 엄마에게도 말씀드려야겠다.

'엄마 나 그날 너무 아팠어요~ 도대체 저에게 왜 그러셨던 거예요? 너무 심하셨던 거 아니에요? 어린 제가 쫑알쫑알 말대꾸해서 화가 많이 나셨겠지만 아무리 그렇다고 부모가 딸에게 나무 주걱을 날려서 그런 상처를 입히시다니요~ 다른 곳도 아니고 딸 얼굴에. 정말 너무 하셨어요'라고.

그리고 마지막 한마디 더 해야겠다.

'도대체 왜 그러신 거예요?'

'솔직히 까놓고 말해 보시라니깐요. 네?'

천상의 아름다운 여인

만남

한여름의 뜨거운 햇살이 작열하던 어느 여름날, 나는 그녀를 만났다.

이른 아침부터 일렁이는 열기를 피해 찾았던 아파트 앞 놀이터에서였다.

이제 막 바깥세상의 아름다움과 즐거움을 알기 시작한 아들이 고사리 같은 검지를 들어 놀이터 쪽 창밖을 가리키며 "맘마, 맘마, 저이, 저이" 하며 밖에 데리고 나가달라고 말갛고 사랑스럽기 그지없는 애교 섞인 눈빛을 보내며 나를 조르기 시작하던 즈음이었다.

그날도 도무지 거절할 수 없는 치명적인 사랑스러움에 못 이겨 아들을 유모차에 태우고 놀이터로 향했다.

놀이터에서 아장아장거리는 아들을 한참 동안 따뜻한 시선으로 바라보던 한 여인이 나에게 말을 걸어왔다.

"안녕하세요? 아이가 몇 살이에요?"

"아 네, 안녕하세요? 저희 아이는 이제 막 첫돌 지났어요."

"어머나, 그래요? 저희 아이랑 동갑이네요. 처음 뵙는 분 같은데 여기 사슴아파트 사세요?"

"여기 이사 온 지 얼마 안 됐어요. 아이가 여자아이라 그런지 너무 앙증스럽고 이뻐요."

나의 말에 그녀가 환하게 웃었다.

유난히 무더웠던 그 여름날, 홀연히 그녀가 그렇게 내게로 왔다.

그렇게 우리는 아이들의 친구 엄마로 만났고 흐르는 세월과 함께 서로의 곁에 오래 머무르고픈 소중한 의미가 되어갔다.

선물

현관문이 열리고 누군가 들어오는 소리가 들린다.

"낑낑 이잉 잉"

"후훗, 강아지 소리다."

피식 웃음이 절로 나왔다. 그럼 그렇지.

자기가 왔음을 알리는 그녀만의 사랑스런 표현 방식임을 아는 까닭이다.

그런데 오늘은 그 낑낑거리는 소리가 평소보다 여운이 진하고 앙증스럽다.

이런 날은 필경 다른 날과는 다른 특별한 뭔가가 있기 마련이다.

어서 나와서 자기를 보아달라는 딸만의 귀여운 알림 같은 것이다.

마스크를 쓰고 비닐장갑을 낀 손에 다시 손소독제를 바른 후 부리나케 거실로 나갔다.

시온이가 현관에 서 있었다.

마치 엄마가 나오길 기다리고 있었다는 듯이.

양손 가득 쇼핑백을 들고 있는 딸의 눈빛에 사랑스러운 어리광이 가득하다.

"에궁~ 어서 와 우리 강아지 오늘도 수고했어. 그렇지 않아도 세정이 이모 전화 받았는데, 어머나 세상에 이게 다 뭐야. 이렇게 많은 줄 엄만 몰랐지. 울 강아지 이거 들고 오느라 힘들었겠네?"

딸에게서 양손 가득한 쇼핑백을 받아들었다. 어른이 들기에도 무거운 무게니 무거움에 익숙지 않은 시온이에게 버거웠겠다 싶었다.

"잉 엄마, 이거 가지고 오느라 힘들었잖아. 알바 끝나고 화장실 갔다가 나오는데 글쎄 세정이 이모가 날 기다리고 있지 뭐야. 나, 순간 깜짝 놀랐잖아."

"아니, 이모가 널 본지 한참 됐는데 어떻게 너를 바로 알아봤어? 너도 이모인 줄 단번에 알았구? 네가 먼저 인사한 거야?"

"아니, 나는 알았는데 쑥스러워서 바로 아는 척을 못 했지 뭐야. 근데 세정이 이모가 나에게 와서 '너 시온이지?' 하시더라궁."

평소에 말이 없는 아이인데 의미 있는 심부름을 멋지게 해 낸 딸의 수다는 그날따라 끝이 없다. 큰일을 완수하고 돌아온 개선장군처럼 그녀는 다소 흥분된 표정으로 그날의 일들을 아주 자세하게 나에게 이야기해 주었다.

어찌 아니 그럴 수 있겠는가.

나는 과일이며 고기 등 다양한 먹거리가 가득 담긴 그녀의 쇼핑백을 보고 있자니 기분이 좋아질 수밖에 없었다.

시온이는 엄마인 나를 누구보다 잘 알고 있다는 자부심이 넘친다. 그래서 자신이 이모가 준비한 선물 보따리를 가지고 엄마에게 왔을 때 엄마의 마음이 얼마나 기쁨과 감동으로 충만할지 잘 알고 있는 까닭이리라.

코로나와 함께 오는 것들

코로나19가 정점을 찍고 가라앉았다가 다시 대유행으로 번지는 시기였다.

지인과 친구들을 통해 코로나 바이러스 증상을 이미 알고 있었기 때문에 나는 몸이 아프기 시작하고 자가 진단 키트를 통해 확진임을 알게 되었을 때 빠르게 대응할 수 있었다.

여러 가지 이유로 가족들이 나를 돌봐줄 수 있는 여건이 아니었기 때문에 수저를 포함한 모든 식기를 일회용으로 준비하고 스스로 식사를 챙겨야 했다.

주변에서는 잘 챙겨 먹어야 한다고 말했지만, 평소에도 내 몸을 챙기는 스타일이 아니다 보니 부실한 식사와 직장생활로 인한 과로가 누적되어 몸과 정신이 야위어 가던 즈음이었다.

몸은 심한 몸살감기처럼 쑤시고 욱신거리고 기력이 쇠한 데다 종일 누워만 있다 보니 이런저런 생각으로 마음에 괜한 서러움이 몰려오기 시작했다.

공교롭게도 나의 마음이 가장 궁핍했던 그날, 그녀가 딸의 손에 의미 있는 선물을 들려 보냈다. 세상 그 무엇과도 바꿀 수 없는 귀한 선물이었다.

선물은 그녀의 마음과 함께 내게로 왔다.

가슴이 뭉클했다.

순간, 코끝이 시큰거리며 눈시울이 뜨거워졌다.

나를 위해 아끼지 아니하고 이것저것 넘치도록 준비해서 보낸 그녀의 마음이 내 가슴에 고스란히 전해져 왔다.

빠듯한 살림살이에 자신의 가족을 위해서도 쉽게 시장바구니에 넣지 못한 그 많은 것들을 그녀는 한 치의 망설임도 없이 준비했을 것이다.

사랑의 마음으로.

그래, 너는 그런 아이였지.

사람들의 필요를 언제나 먼저 알아차리고 본인에게 있는 것까지 아낌없이 내어주면서 항상 남을 먼저 배려하는, 넌 그런 아이였어. 너는…

어떻게 알았을까?

색깔도 예쁜 노란색 과일이 떡하니 시야에 들어왔다.

"와우~ 참외잖아. 이모가 어떻게 알았지? 엄마가 참외 좋아한다는 걸."

딸에게 내 감정을 들킬세라 내 목소리보다 한껏 한 옥타브 높여서 엄마의 마음을 헤아린 친구가 놀랍다는 듯 소리쳤다.

그런 나의 모습을 보며 시온이가 킥킥거리며 웃고 있었다.

분명 '우리 엄마 왜 또 저리 오바하는 거지?'라고 생각했을 게 뻔하다.

황홀한 향기를 풍기며 과즙을 하나 가득 품어 안은 주홍빛 복숭아와 침샘을 자극하는 상큼함 즙이 금방이라도 흘러넘칠 것 같은 싱그런 햇사과와 새콤달콤한 향기에 한입 꼬옥 깨물고 싶은 자두, 그리고 단백질 보충을 위한 스테이크까지.

그녀는 종류별로 갖가지 과일들과 고기까지 최상의 것들로 준비해서 나에게 보내주었다.

자신을 위해서 사용하는 모든 것을 아끼고 절약하면서 아파 누워 있는 친구를 위해 자신의 생활비를 아끼지 아니한 너를 어찌 천상의 아름다운 여인이라 부르지 않을 수 있으랴!

난 그날, 허허롭던 마음이 풍성히 채워져서 먹지 않아도 전혀 배가 고프지 않았다. 그리고 그 어느 날 보다 나의 내면은 기쁨과 사랑으로 충만해졌다.

그녀가 보내온 사랑으로 인해 내 가슴은 커다란 행복감으로 너울거렸다.

오늘, 마음으로 너를 만나본다.

역시 너는 참 곱고 아름다운 여인이다.

사랑은 희생과 헌신의 또 다른 이름

그녀는 봄날의 갓 피어난 꽃처럼 아름다운 여인이었다.

세월이 갈수록 보석처럼 빛나는 품성을 지니고 있었다.

누구도 따라올 수 없는 따뜻함, 섬세하고 고운 마음씨, 세상 어디에서 그녀 같은 사람을 다시 만날 수 있을까 싶을 정도로 드물고 귀한 여인이었다.

누군가를 돕는다는 것은 시간을 내어주는 것이고 마음을 주는 것이라고 했다.

친구의 아픔과 고통을 절대 그냥 지나치지 않고 상대방의 불편함은 모두 자신이 먼저 나서서 감수해 버리는 그녀의 희생과 헌신은 처음부터 남달랐다.

설혹 어떠한 일로 자신의 마음에 생채기가 생길지라도 결코 그걸 드러내지 않고 상대를 탓하지 않는 그녀의 내면에는 언제나 아름다운 향기가 솔솔 풍겨 나온다.

그녀는 우리들의 사랑하는 아이들 은재, 세정이, 영훈이에게 꼬마 삼총사라는 아름답고 멋진 추억을 선물해준 친구였다.

그녀를 통해 알게 된 은재 엄마 미선이는 주님이 주신 또 다른 선물이자 만남의 축복이었다.

이 땅의 삶을 살면서 나에게 예기치 않는 고난의 시기가 왔을 때가 있었다.

사나운 파도와 광풍이 휘몰아쳐 내 삶과 나의 모든 것을 몽땅 집어삼키려고 했던 시간이 있었다.

상처투성이였고 초토화된 나의 내면을 감당할 수가 없어서 고슴도치처럼 날카로운 날을 세우고 모두를 밀어냈던 때가 있었다.

그 시간을 따뜻한 눈길로 바라봐 주고 묵묵히 오래 기다려 준 친구가 있었다.

영애였다.

"괜찮아, 다 지나갈 거야. 시간이 지나면 다 좋아질 거야.

조금만 더 참고 기다리자.

내가 옆에 있어 줄게,

힘들 때는 가만히 있어도 괜찮아. 금방 괜찮아질 거야."

그녀의 온화한 눈빛이 희망을 잃고 무너져 내린 나의 등을 토닥토닥 두드리며 나에게 그렇게 말하고 있었다.

영애는 우리가 함께 한 오랜 시간을 통해서, 사랑은 희생과 헌신의 또 다른 이름임을 본인의 삶을 통해 나에게 몸소 보여준 고마운 여인이었다.

우정이라는 이름으로 평생을 함께할 수 있는 친구가 될 수 있었던 것은 그녀의 아름다운 배려와 희생과 사랑이 있었음을 친구인 미선이와 나는 모르지 않는다.

카톡방 우리의 닉네임처럼 우리 셋은 평생을 물을 찾아 함께 여행을 떠나는 목마른 사슴들이다.

오랜 시간 동안 변함없는 마음으로 나를 챙기고 위로해준 아이.

나에게 온 가슴 뭉클한 진한 이 감동은 쇼핑백 가득한 먹거리들이 아닌 그 속에 담긴 너의 따뜻한 진심 때문이었어.

너를 떠올릴 때마다 넌 주님이 나에게 보내주신 특별한 선물임이 분명하다고 생각하곤 했었지.

매서운 추운 겨울 끝의 따뜻하고 반가운 봄 햇살만큼이나 언제나 그렇게 넌 따뜻했어.

너를 만나고부터 황무지 같았던 내 마음에도 봄이 왔었지.

봄은 네가 나에게 가져다준 귀한 선물이야.

따스함으로 네가 나에게 주었던 그 시간이 나에겐 이 땅을 살아가게 하는 힘이 되곤 했음을 넌 알고 있었을까?

누군가 옆에 있다는 것만으로 위로일 때가 있듯이 너희들이 나에겐 그래.

그리고 언제부터인가 너희들의 존재만으로도 행복하다는 생각이 들곤 했어.

어느 한 날 약속 없이 찾아가도 맛있는 밥 한 그릇과 따뜻한 차 한 잔 넉넉히 내어주는, 멋스럽고 예쁜 나의 친구 미선이와 삶에 치이고 힘들었을 때 잠시 기대어 있는 것만으로도 힘이 되고 따뜻한 온기가 전해져 오는 너.

너희들이 나의 위로야!

목마른 사슴처럼 오롯이 우리가 함께했던 수많은 시간.

하늘의 별만큼이나 예쁘게 켜켜이 쌓인 우리들의 오랜 추억들.

그날들에 너희들이 나의 위로가 되어주었듯이, 남은 날들도 우리가 함께 손잡고 갈 수 있도록 내가 너희들의 인생을 품고 기도할게.

이제는…

내가 너희들의 위로가 되어줄게!

정향옥

가족이란 이름의 꽃

어느 청년의 눈물

나를 작아지게 하는 요인들

불암산

♣ 정향옥 스토리 : 계절의 교향곡

화순에 뿌리를 내리다

정향옥은 전라도 화순의 푸르른 풍경 속에 자리 잡은 소박한 매력과 소박한 즐거움의 세계에서 태어났습니다. 2남 2녀 중 둘째로 태어난 정향옥의 어린 시절은 시골 생활의 잔잔한 리듬으로 점철되어 있었습니다. 엄격한 회사원이었던 아버지는 그녀에게 시간 엄수, 존중, 근면이라는 가치를 심어주었습니다. 이러한 삶의 교훈은 그녀의 존재에 초석이 되었습니다.

꽃과 분재, 제철 과일과 채소로 가득한 집은 어린 향옥에게 안식처였습니다. 향옥은 발아래 펼쳐진 대지와 머리 위 하늘을 놀이터 삼아 시골을 누비며 수많은 시간을 보냈습니다. 마을 공동체는 끈끈했고, 향옥의 어린 시절은 친구들과의 놀이, 산으로 떠나는 트레킹, 텃밭의 풍성한 수확물로 차려진 공동 식사로 채워졌습니다.

성장의 춤

향옥의 학교생활은 조용한 성장의 시기였습니다. 내성적인 성격에도 불구하고 또래 친구들을 이끌며 어린 나이답지 않은 조용한 강인함을 보여주었습니다. 스포츠에 대한 열정과 교내 댄스팀에서의 리

더십은 내성적인 성격과 학교 활동에 적극적으로 참여하는 이중적인 모습의 균형을 맞추며 성장하는 소녀의 모습을 보여주었습니다.

그녀의 삶에 신앙이 들어온 것은 중요한 전환점이 되었습니다. 지역 교회에서 열린 여름 성경학교를 통해 그녀는 자신의 성격을 탐구하고 내성적인 성향을 극복할 수 있는 길을 찾았습니다. 주님의 가르침은 그녀가 사춘기의 격랑을 헤쳐 나갈 때 위로와 지침이 되었습니다.

가보지 않은 길

향옥에게 고등학교 시절은 자기 성찰과 자아 발견의 시기였습니다. 시와 한국어는 향옥의 피난처가 되었고, 시집은 그녀의 비밀스러운 동반자가 되었습니다. 고등학교를 졸업한 후 향옥은 선택의 기로에 섰습니다. 국어를 좋아했지만, 가정학을 전공하며 남들이 가지 않은 길을 선택했습니다. 광주에서 직장생활을 한 후 남편을 만나 결혼해 번화한 서울로 이주했습니다.

시련과 승리

서울에서 향옥은 1남 2녀 쌍둥이의 탄생과 함께 엄마로서의 여정을 시작하며 인생의 새로운 장을 열었습니다. 독박육아라는 시련과 사업을 하는 바쁜 남편을 부양해야 하는 어려움은 그녀의 회복력을 시험했습니다. 하지만 그녀의 신앙은 폭풍우가 몰아치는 바다를 헤쳐 나갈 수 있는 등대로 남아있었습니다. 목사님의 위로와 성경의 지혜는 그녀의 생명줄이 되었습니다.

시간의 꽃을 피우다

오늘날 향옥은 회복탄력성과 믿음의 증거로 서 있습니다. 아버지가 심어준 가치관, 화순에서 배운 교훈, 시련을 통한 개인적 성장은 그녀를 강인함과 연민을 지닌 여성으로 만들었습니다. 아버지로부터 물려받은 자연에 대한 사랑은 어린 시절의 시골이 그녀의 영혼을 키운 것처럼 그녀의 정신에 계속 영양을 공급하고 있습니다.

그녀는 글쓰기의 세계로 발을 내딛으면서 한 줄의 성경 구절이 주는 힘과 위로로 자신의 삶이 형성된 것처럼, 다른 사람들의 삶에 감동을 주고 싶다는 희망을 품고 있습니다. 글쓰기에 대한 그녀의 꿈은 단순히 개인적인 야망이 아니라, 오랜 세월 쌓아온 지혜를 나누고자 하는 열망입니다.

정향옥의 이야기는 계절의 교향곡과도 같으며, 삶의 각 장은 성장과 회복, 믿음의 뚜렷한 단계를 반영합니다. 시련과 승리로 점철된 그녀의 여정은 계절의 변화를 반영하며, 각기 다른 도전과 아름다움을 선사합니다.

가족이란 이름의 꽃

봄날 아침, 결혼하자마자 아이를 가진 새내기 신부 조카의 전화를 받았다.

"이모! 할머니 모시고 전주한옥마을 갈건데, 시간 괜찮으세요?"

아빠의 병간호로 옴짝달싹 못 하는 엄마를 모시고 늘 여행하고 싶었던 터라 무척 고마운 전화였다.

아버지가 돌아가신 지 벌써 1년이 지났는데도 여건이 맞지 않아 차일피일 미루던 차였다. 조카는 팔십 평생을 고생만 하신 할머니를 생각해서 친정 가족여행을 계획한 것이다.

정작 딸인 내가 나서야 할 일을 기특하게도 먼저 제안을 한 조카가 무척 고마웠다.

게다가 목회일 때문에 교회가 우선시되어 가족 행사 자리에 함께하지 못하던 형부와 조카사위까지 시간을 낸다니 뜻밖이었다.

그동안 맘에 맞는 친구나 동료들과의 여행은 몇 번 다녀왔지만, 스케줄을 맞출 수 없다는 이유로 친정 가족들과의 여행은 늘 꿈만 꾸고 있던 참이었다.

조카의 전화를 반기면서도 말수도 적고 점잖은 목사님 두 분이 가족여행에 잘 적응할까 고민도 살짝 생겼다.

1박 2일의 일정이었지만 연차를 내어 하루 전날 친정으로 내려갔다.

여름 장마가 시작되어 며칠째 비가 내렸다.

어렵사리 잡은 귀한 여행이 날씨 때문에 불편하면 어쩌나 걱정하는 엄마의 마음을 헤아린 듯 하늘이 개이고 마알간 햇살이 비쳤다.

언니 가족은 장흥에서, 조카부부는 여수에서, 남동생은 엄마를 모시고 모두 설레는 마음을 안고 전주에 있는 패밀리 레스토랑 애슐리로 모였다.

조카는 숙박 예약, 볼거리, 먹거리, 즐길 거리까지 완벽한 스케줄을 짠 인쇄물까지 준비해서 나눠주었다.

게다가 온갖 음료와 간식, 과일까지 종류별로 준비해왔다.

유치원 교사인 조카는 결혼 후 아이를 갖기 위해 휴직을 하자마자 임신이 되어 제 몸 건사하기도 힘들 텐데, 가족 모두를 위해 효도 여행까지 준비한 것이다.

2시간 남짓 달려 패밀리 레스토랑에서 점심을 먹기로 했다.

특별히 애슐리를 정한 이유는 메뉴 가짓수가 다양해 취향대로 먹을 수 있고, 무엇보다 동생 성경이가 그곳 음식을 좋아해 누나로서의 배려였다.

올해 스물일곱 살인 조카 성경이는 자폐를 갖고 있다.

어릴 때는 단순하게 말이 늦는구나 생각했는데 하루 종일 텔레비전만 보는 게 이상해서 진료를 받은 후 자폐진단을 받았다.

언니는 급하게 운전을 배워 장흥에서 광주까지 성경이를 태우고 병원을 오가며 눈물겨운 기도로 정성을 다했다.

성경이는 인기 드라마에 나온 우영우처럼 사회성은 부족하지만 특별한 부분에는 천재적인 능력이 있었다.

요즘은 반복적인 훈련을 받아 복지관에서 일하며 집에 와서도 요리, 운동, 청소까지 스스로 할 정도로 좋아졌다. 성경이가 일상생활에 불편함 없이 사회구성원으로 살아갈 수 있도록 온 정성을 쏟은 결과였다.

성경이는 어렸을 적 트라우마로 계란을 싫어하는데 언제 그랬냐는 듯 맛있게 먹는 것을 보니 그동안 언니가 쏟은 정성의 결과라는 사실에 눈시울이 뜨거워졌다.

식사를 마치고 소화를 시킬 겸 전주 톨게이트에 위치한 수목원 산책을 했다.

비를 머금은 울창한 나무들과 다양한 꽃과 수목들로 녹음청청 싱그럽다.

산책로를 걸으며 아기자기한 꽃들과 비를 머금은 나무들 사이로 배경 삼아 연못에서 남는 건 사진이라며 찍고, 또 찍고 소중한 순간들을 카메라에 담았다.

사진을 찍을 때마다 수줍은 소녀처럼 부끄러워하는 엄마의 말에 우리들 가슴에 슬픈 물결이 인다.

"눈 뜨면 지천이 풀과 나무들인디 이런 걸 볼려고 여그까지 온다냐? 그래도 꽃이랑 이쁘게 해 놓응께 볼만은 허다."

평생 자식들을 위해 허리 한 번 제대로 못 펴고 억척같이 살아온 당신으로선 그냥 늘 있는 나무와 풀들일 뿐 조경이니 피톤치드니 운운하며 힐링하는 자체가 사치일 터이다.

남동생이 너스레로 맞장구를 친다.

"그랑께 말여, 집에 가만히 있어도 힐링인디."

오랜만에 귀한 웃음소리들이 숲속의 합창이 된다.

동생 너스레에 우린 까르르 웃으며 숲속 만찬을 뒤로 하고 숙소로 향했다.

한옥마을 중심부에 있는 다래헌은 입구에 돌다리가 놓여 있었다.

돌다리를 밟고 들어선 숙소 다래헌은 전통 한옥으로 양쪽으로 객실이 마주하고 있고, 가운데는 마루로 되어 있는데 간단한 음식과 차를 즐길 수 있었다.

실내에는 아기자기한 소품들이 많았다. 방 이름도 연, 도담, 꽃다락 등 3개의 객실도 전통 한옥에 어울리는 이름들이었다.

조용하고 아기자기한 소품과 마당 돌다리 사이사이 자그마한 꽃들과 풀마저 예뻤다.

숙소에 짐을 풀고 간단한 감사기도를 드린 다음 엄마를 모시고 모두 한옥마을을 둘러보았다.

한복을 예쁘게 입고 거닐고 있는 아리따운 선남선녀들, 즐비하게 늘어선 먹거리 사이로 바이크가 지나가자 성경이가 말했다.

"아! 무섭겠다. 나도 탈 수 있을까?"

혼잣말하는 소릴 무심히 걷다 들었다.

성경이의 말은 무섭다지만 눈빛은 타고 싶어했다.

"성경아! 무엇이든 두려워 말고 도전하는 거야. 해보고 안 되면 그때 포기해도 늦지 않아. 우리 저녁 먹고 한 번 타보자!"

"아! 안 돼요! 무서워요, 이모."

낯선 공간이나 낯선 사람들도 싫어하는 성경이의 마음이 읽혀졌다.

숙소에 돌아와 휴식을 취한 후 저녁 식사를 마치고 형부는 설교 준비차 숙소로 가고 우리는 피로를 풀기 위해 족욕 카페로 들어갔다.

따끈한 물에 발을 담그고 허브차를 마셨다. 창밖에 운치 있는 한옥 마을을 바라보는 것만으로도 힐링이 되었다.

"내 발이 니들 땜에 호사한다."

밭으로 들로 팔십 평생을 동동거리며 걷던 엄마의 말씀이 가슴에 박힌 옹이처럼 아프다.

"평생 고생만 시킨 엄마의 발님. 너무 늦어서 미안해요."

웃으며 말하려고 했는데 목이 콱 막힌다.

세 번이나 고비를 간신히 넘겼던 아버지는 순전히 엄마의 희생으로 가능했다. 정작 엄마도 설암으로 투병 중이었는데 아버지가 돌아가시던 날 숨을 죽이며 어깨를 들썩이던 엄마의 모습이 오버랩된다.

위풍당당하던 모습은 온데간데없고, 작고 왜소한 할머니가 되어 버린 엄마.

피멍이 든 발톱, 굳은살이 박여 장작개비 같은 손가락들, 굵은 주름들을 보니 엄마의 등골을 빼먹고 자란 내가 얼굴이 뜨겁다.

"엄마! 이제 고생 그만하고 우리 걱정도 하지 말고 남은 세월 엄마 자신을 위해 누리고 살아도 돼요."

나는 거친 엄마 손을 어루만졌다. 우리 형제가 똘똘 뭉쳐 서로 챙길 수 있는 마음들이 유별난 자식 사랑과 손주들을 챙기는 엄마의 사랑에서 비롯된 걸 우릴 보고 흐뭇해 하는 엄마의 모습에서 뼛속 깊이 느낀다.

손주와 자식을 번갈아보며 미소 짓는 엄마의 모습을 오래 기억하고 싶어 인생샷을 카메라에 담았다.

이 밤이 아쉬워 언니와 난 버스킹을 구경했다.

이 소중한 순간들을 오래오래 즐기고 싶어 버스킹을 구경하다가 문득, 성경이 바이크가 생각나 조카사위 목사님께 같이 타 주라고 말했다.

무서워하던 성경이는 한 시간째 손을 흔들며 함박웃음을 짓는다.

"이모! 넘 넘 잼있어요. 여행 잘 왔어요."

두 손까지 모으며 상기된 얼굴로 좋아하는 조카를 사랑스레 바라보는 형부, 언니를 보며 그 순간 포착을 놓치지 않은 스스로에 어찌나 다행인지 가슴을 쓸어내렸다.

성경이는 오늘 또 한 새로운 벽을 깨고 나와 여행이란 좋은 것임을 각인하는 기회가 되었을 것이다.

어디 성경이뿐인가!

우리 가족 모두 이번 여행은 각자의 시름을 내려놓고 묵은 상처들을 치유하며 수시로 찬바람에 살 저리고 눈물 쏟던 기억을 저 멀리로 날려 보내고 사랑의 꽃을 피운 것이다.

가족이란 이름의 꽃으로.

어느 청년의 눈물

산행하기 위해 일찌감치 집을 나섰다.

구름 한 점 없이 하늘은 맑고 햇볕은 적당히 내리쬐며 날은 화창하다.

대리석 벤치를 발견하고 앉아 지인을 기다렸다.

차가운 대리석 벤치는 여름 날씨인 지금 잠시 더위를 식히기엔 안성맞춤이다.

적당한 바람과 가끔 오가는 사람들의 소음이 들리고, 나뭇잎이 바람에 흔들리는 평화로운 풍경이 펼쳐지는 휴일이다.

지그시 눈 감고 아침 공기를 마시며 잠시 마음을 내려놓는 것만으로도 한 주간 부대낌을 보상받는 느낌이다.

안온한 기분 좋음이 굳이 산행을 안 해도 좋으리만큼 충분히 힐링 된 기분이다.

가끔 아들 녀석이 "엄마! 난 너무 행복해서 이 평온함이 깨질까 봐 불안할 때가 있어."

"그래? 왜 그런 생각을 해… 너무 좋으면 그럴 수도 있잖아. 그럴 수도 있지."

가족일지라도 옳고 그름의 잣대를 가감 없이 드리우는 냉철한 아들이지만, 의외로 소소한 거에 감사하고 행복해하는 따뜻한 마음을 가지고 있다는 사실에 내심 다행이다 싶었다.

"그런 마음이 이런 기분일까?"

조금은 억지스런 공감을 하고 있을 때쯤, 지인으로부터 전화가 왔다.

"출구를 잘못 알았어. 일단 더우니까 지하철 안에 들어가서 기다리고 있어."

"시간 맞춰 나오지 왜 이렇게 빨리 나왔어!"

"늦을까 봐 불안해서. 천천히 오세요!"

어렸을 때 나는 아버지로부터 시간을 잘 지키고 절대 늦지 말라는 세뇌를 받아서 웬만해선 늦는 법이 없다.

조금 서두른 대가는 풍성한 여유로움을 선사하지 않는가!

선인들의 말과 지혜는 나이가 들면서 고개를 절로 끄덕이게 한다.

즐비하게 서 있는 나무들 사이로 빛의 숨결을 뒤로 남긴 채 보도블록 위로 발걸음을 옮겼다.

한 계단 한 계단 내려온 전철역 안은 휴일인데도 불구하고 등산객들로 붐볐다.

앉을 만한 곳을 찾다가 지나가는 사람들 사이를 비집고 들어오는 한 청년이 눈에 띄었다.

한참을 뭇사람들에게 말을 건넬까 말까 망설이며, 안절부절못한 모양새다.

무슨 사정이 있어 보여 눈치채지 않도록 자연스럽게 청년 쪽으로

다가갔다.

청년에게 다가가 눈을 마주치자 청년은 내게 성큼 다가오더니 대뜸 "도와주세요!" 한다.

갑작스러운 행동에 깜짝 놀란 나는 "무슨 일이에요?"라고 물었다.

청년은 뭔가 말하고 싶었지만, 용기가 나지 않는 듯 머뭇거렸다. 갑자기 그의 눈시울이 붉어지더니 닭똥 같은 눈물을 흘렸다.

요즘 20대들은 길 물어보거나 전화를 거는 것조차 힘들어한다는데 한참을 마음 졸였을 터이다.

청년은 어린아이가 길 잃고 헤매다 엄마를 만나 펑펑 울 듯 눈물을 연신 흘렸다.

건장한 20대 청년이 이른 아침에 나를 보고 안도의 눈물을 흘리는 것이다. 어찌나 눈시울이 붉던지 순간 당혹스럽고 영문을 몰라 정신이 없을 정도였다.

"왜? 왜? 왜 울어요?"

나도 모르게 아들 같아. 그의 팔을 잡으며 이유를 물었다.

그는 눈물을 훔치며 무슨 말을 하려다 멈칫하더니

"어제 술을 많이 먹어서요. 어린이대공원 쪽 나가려면 몇 번 출구로 가야 해요?"

나는 그가 정작 하고 싶은 말을 삼키고 있음을 직감했다.

"이쪽으로 나가면 돼요."

그가 아침 일찍부터 울기 시작한 것은 길을 잃고 출구를 몰랐기 때문은 아니었을 거다.

순간, 나는 청년의 몸을 훑어보았고 가방도 핸드폰도 아무것도 없음을 알아챘다.

옷매무새도 깔끔하고 인상도 얌전해 보였다.

20대 젊은 친구에겐 핸드폰은 목숨과도 같을 진데, 밤새 무슨 일이 있었는지 몸에 지닌 건 아무것도 없었다. 아마도 교통비가 필요하지 않았나 싶었다.

차마 돈 달라는 말을 못 하고 있나 싶어 돈을 주려고 호주머니를 뒤졌는데….

"아뿔사! 이놈의 건망증."

화장대 위에 지갑을 놓고 그대로 나온 것이다.

"집이 어디예요? 핸드폰 빌려줄 테니 통화할래요?"

"그만 눈물 닦고 무슨 일인지 말해봐요?"

나는 청년의 등을 토닥토닥 해줬다.

"아니에요. 감사합니다. 정말 감사합니다."

청년은 몇 번이나 머리를 숙이더니 내가 가리켜 준 출구 쪽으로 훌쩍거리며 사라졌다.

아침부터 눈물 흘리는 청년이 내 자식 같아 신경이 쓰이고 무슨 일인지 몰라 더더욱 안타까웠다.

지인이 도착하자마자 다짜고짜 돈 좀 달라며 뛰어갔으나 청년의 모습은 어디에도 보이지 않았다. 나는 지갑도 챙기지 못한 건망증을 자책하며 한동안 주위를 둘러보다가 발길을 돌렸다.

지인은 분명 잘 들어갔을 거라며 잊으라 했지만, 산행 중에도 그 청년의 눈물이 내내 눈에 밟혔고 그 타이밍에 바로 쥐어주지 못 한 것이 속상했고 집에는 잘 들어갔으려나 걱정되었다.

지나친 감정이입인 줄은 모르겠지만, 우리 때와는 달리 요즘 청년들은 참 힘겨워 보인다.

피나는 노력에도 불구하고 뭐 하나 쉬운 게 없는 세대다.

그래서 더 안쓰럽고 마음이 아프고 그 눈물이 내 자식 눈물 같아 가슴이 미어진다.

지갑이 성가시고 현금 쓸 일이 거의 없어 카드 하나 달랑 가지고 다니는 나에겐 그 뒤로 변화가 생겼다. 오늘같이 혹시 모를 대비를 위해 만 원이라도, 꼭 현금을 핸드폰 안쪽에 갖고 다닌다. 이 땅의 청춘들이 용기를 잃지 않고, 기쁨 외에는 어떤 눈물도 흘리지 않기를 엄마의 마음으로 응원한다.

나를 작아지게 하는 요인들

글쓰기 수업에서 "무엇이 나를 작게 만드는가", "내 삶이 힘든 이유", "내 삶이 슬픈 이유" 등의 제목을 선정해 자신의 취약한 모습을 드러낼 수 있는 글을 써서 제출하는 과제가 주어졌다.

곰곰이 살아온 지난 시간을 되짚어 봤다.

시골에서 자랐지만, 부유하진 않아도 부모님 그늘 아래 별 어려움 없이 대학까지 마칠 수 있었다.

그 당시에는 대부분 남녀 차별이 심했지만, 다행히도 부모님은 아들딸 구별 없이 똑같이 대해 주셔서 불만이 거의 없었다.

나는 평탄한 삶을 살아왔고, 자신은 취약투성이임에도 불구하고 글감이 떠오르지 않아 일주일 내내 고군분투다.

괴로운 심정을 아는지 모르는지 속절없이 시간은 마감일을 하루 앞두고 있다.

노트북을 펼쳤으나 단 한 줄도 쓰지 못한 채 아침을 맞았다.

과제를 완수하지 못했다는 부담감으로 잠을 설쳤으니 몸이 개운할 리 없다.

'오늘도 일정이 빠듯한데…'

미루고 미루는 나의 게으름을 자책하며 성의는 보여야겠기에 부끄러움을 감추기 위해 후다닥 몇 자 끄적여본다.

이런 점이 나를 작아지게 하는 단면 중에 하나다.

나는 주어진 일을 미루거나 실행에 옮기지 않는 편은 아니지만, 유독 글쓰기에 있어서는 마감 직전에 벼락치기를 하는 편이라 맥락 없는 편에 가깝다.

사춘기 시절 우연히 유치환 시인의 '그리움'이라는 시를 접하게 됐다.

"파도야 어쩌란 말이냐
파도야 어쩌란 말이냐
임은 물같이 까딱 않는데
파도야 어쩌란 말이냐
날 어쩌란 말이냐"

한 번 읽었을 뿐인데, 자연스레 외워지는 시였다.

누군가의 외롭고 그리워하는 절절한 마음이 고스란히 전해져 맘이 시렸다.

결코 어렵지 않은 쉬운 말들로 깊이 박힌 외로움과 쓸쓸함을 담아 낼 수 있다는 것이 신선한 충격이었고, 엄숙함마저 들어 시를 좋아하는 계기가 되었다.

시를 좋아하다 보니 자연스레 국어 과목이 좋아졌고 다독은 못 했지만 글 읽는 게 좋아졌다.

젊은 시절 출퇴근길 버스에서 우연히 중년 여성에게 자리를 양보했는데, 그 여성이 직접 쓴 거라며 시집 한 권을 주셨다.

그중에 "침묵"이라는 두 줄짜리 시가 나의 눈길을 사로잡았다.

장황하게 늘어놓지 않고도 자신의 삶을 두 줄로 압축할 수 있다는 사실이 놀라웠다.

시는 의미를 전달하는 힘이 대단한 장르라는 것을 깨달았고, 시인들이 위대해 보였고 '시'에 대한 애정이 더욱 커졌다.

시집을 사서 읽다 보니 수필과 소설도 좋아하게 되었고, 나이가 들면서 시야가 넓어져 편견 없이 책을 읽게 되었다.

글쓰기 기초반을 통해 자투리 시간을 책 읽는 습관으로 채우고 순간순간 메모하며 사물을 유심히 관찰하는 좋은 습관이 생겨 참으로 감사했다.

주변에 인품과 지성을 겸비한 분이 몇 분 계신다.

그중 한 분이 40년 공직 생활을 마치고 딸들을 위해 자서전을 출간하게 됐다.

평소 글에 관심 있는 나에게 책도 여러 권 선물해 주시고 자서전을 쓰고 있는데 읽어 보겠냐며 교정까지 봐달라며 쓸 때마다 메일로 보내 주셨다.

당시 나는 업무 스트레스로 지쳐서 퇴근하는 경우가 많았고, 집안일을 하느라 자정을 넘기는 일도 드물지 않았다.

나는 책임감이 강하고 시간 엄수를 중요시해 피곤했지만, 교정한 원고를 다음날 넘겨야 했기에 새벽까지 작업하다 2~3시간만 자고 출근하곤 했다.

하지만 피곤하기는커녕 일하면서 되려 콩닥콩닥 심장이 뛰는 게 아닌가!

몇 년 만에 느껴보는 설렘과 뿌듯함인지 잠들어 있던 사춘기 시절 글에 대한 감성을 일깨워줬다.

비로소 내가 어떤 일을 하고 싶은지 50세가 넘어 심장이 말해주는 듯했다.

이 무렵 오랜 인연을 맺어온 안만호 목사님 권유로 자의 반 타의 반으로 글쓰기에 입문하게 됐다.

그저, 나처럼 전공도 안 하고 실력 없는 초급자들이 배우는 공간이려니 했는데, 초대받고 들어와 보니 각계각층의 내로라하는 인사들이 모여 있었고, 그분들의 직업과 경력에 압도당했다.

책을 좋아하고 읽는 것을 좋아하지만 제대로 글을 써본 적이 없는 나로서는 머릿속으로만 긁적이는 것이 아니라 글로 만들어서 다른 사람들과 공유해야 한다는 것이 부담스러웠다.

모르는 사람에게 나를 드러내는 게 꺼려지지만, 글쓰기란 본질적으로 진정성을 나타내는 일이다. 나는 나의 취약점을 맘껏 드러내며 내면의 글을 쓰도록 내려놓는 연습을 아직도 하는 중이다.

잘하는 사람을 따라 하는 것만으로도 반은 성공한다 했던가!

따라가다 보니 어딘가에 닿을 수 있지 않을까 싶다.

글쓰기를 거듭하다 보니 사유하는 시간이 많아져 말보단 글로 전달하는 게 편해졌다.

속이 시끄러울수록 생각을 정리하고 글로 전달하다 보면 누그러져 객관화가 되어 감정처리로 마음이 평온했다. 소란한 마음을 스스로가 안아 주고 담담히 응원해 주는 것이 글쓰기의 힘임을 알았다.

예측할 수 없는 일들에 상처받지 않으려고 서둘러 마음을 닫을 때, 상처를 마주하는 법, 바람 끝자락을 붙잡고 흔들리며 살아가는 법을 배워가고 있다. 사람이 재산이고 그래도 살만한 세상이라고 다른 이의 글을 통해 위로받았다.

나는 일과를 마치고 전철을 기다리면서 시를 읽는 그 짧은 순간이 참 좋다.

고단한 지친 하루를 보상받는 기분이다.

피로를 가시게 하는 전철 안의 시처럼 일상의 편안한 글로 나 또한 누군가에게 위안을 줄 수 있는 따뜻한 글을 쓰고 싶다.

마음을 어루만지는 섬세한 글을….

불암산

"내일 불암산 가자!"

"그러자."

30년 지기 대학 친구로부터 톡 문자를 받았다.

출산으로 인해 골반이 틀어져 도수치료를 받던 중 잘못돼 허리디스크가 생겼다.

두 번 시술로 잘 버텨왔다 싶었는데 요즘 계속 말썽이어서 마침 산행을 생각하던 차였다.

"우린 친구 부부와 넷이 따로 천천히 태릉에서 출발해 점심 때쯤 '청솔 산악회'랑 합류할 거야."

친구들은 10년 전 산악회 정회원으로 꾸준히 활동해오다 코로나로 인해 잠시 정기모임을 갖지 못하고 개인적으로 다니다 이제 완화돼 오랜만에 등산하게 됐다고 한다.

나는 사람이 많은 산악회는 싫어했고, 등산도 별로라고 여기고 있었으나 건강이 서서히 나빠지면서 운동의 필요성을 느끼던 터여서 솔깃하지 않을 수 없었다.

무엇보다 마음 편히 응원해주는 친구들이 있었기에 생각에 머물렀던 걸 실천해 보기로 했다.

태릉역에서 만나 친구 부부와 넷이 불암사 입구까지 들어가는 버스를 탔다.

부처님 오신 날과 겹쳐서 그런지 입구는 차와 사람들로 붐볐지만, 막상 나오니 상쾌한 기분이 들었다.

불암산은 서울 노원구 상계동과 경기도 별내면 경계에 있는 산이다.

정상부에 있는 큰 바위가 마치 부처님 얼굴을 닮았다고 해 불암산이라고 불리운다.

필암산, 천보산이라고도 불린다.

다른 산과는 달리 유독 바위가 많아 개인적으론 바위산이라고 부르고 싶다.

정오의 햇살이 고원의 흰 눈처럼 나뭇잎 위에 떨어져 반짝거린다.

보들보들 아기 뺨 어루만지듯 살캉살캉 기분 좋은 바람이 분다.

싱그러운 풀 내음과 향기롭다 못해 달큰한 아카시아 향이 코끝을 스친다.

갑갑했던 마스크를 벗고 다시는 못 마실 것처럼 폐 깊숙이 들숨날숨을 반복하며 신선한 공기를 들이마셨다.

피톤치드 가득한 청정함이 구석구석 세포 하나하나에 생명을 불어넣는다.

꽃들은 군데군데 길이 나지 않은 곳에서 봄볕을 마시고 있었다.

작은 꽃들에는 나무들이 새잎을 내기 전에 언 땅을 뚫고 나와 일찌감치 꽃을 피워 햇빛을 받는다. 봄꽃들은 열흘 남짓 부지런히 피고 진다.

꽃들은 저를 보러 올 때까지 기다려 주지 않아 '화양연화'라 했던 가!

그 시간 속으로 이제서야 찾아 나선 것이다.

노랑, 하양, 분홍, 빨갛게 저마다의 색깔의 자태로움에 말라붙은 눈이 깨어났다.

푸른 하늘과 꽃과 나무를 바라보는 것만으로도 맥박은 이완이 되고 유유자적하니 마음이 평온해지고 쉼을 얻는다.

마음이 이끌리는 참다운 휴식이다.

서울 시내에 조금만 둘러보면 아름다운 산들이 가까이 있음에도 어리석게도 소중한 건 늘 뒤늦게 깨닫는지 모르겠다.

멈추면 비로소 보이는 것들

등산에 초보인 나는 베테랑인 친구들과 이야기를 나누며 한 걸음 한 걸음 자연 속으로 들어갔다.

한 명이 앞장서고 다른 한 명이 안전하게 뒤를 받쳐주니 안심하고 걸을 수 있었다.

등산로는 울퉁불퉁 가파르고 낙엽이 드리워진 곳은 미끄러웠다.

우리 넷은 무리해서 정상에 오르는 대신 한 시간 반 정도 여유를 갖고 쉬엄쉬엄 걸어 중턱에서 미리 출발한 산악회 일행을 만나 점심을 먹기로 했다.

평평한 지형은 힘들지 않은 대신 단조롭고, 산은 가파르고 힘들지만 뻔하지 않아 도전하기 좋다.

"돌부리에 넘어지지 않게 천천히 따라와. 힘들면 중간중간 쉬어 가게 말해."

"그려"

숨이 턱까지 찼지만 한발 한발 오르다 보니 안 쓰던 근육과 뼈들이 이리저리 움직여 몸은 오히려 시원하고 가벼워진 느낌이다.

프로는 산을 오르기 위해 건강을 챙기지만, 아마추어는 건강하기 위해 산을 오른다는 말이 나를 두고 이르는 말 같다.

동기가 무엇이든 저마다의 사연을 안고 산을 찾는 사람들이 매여 있던 굴레와 스트레스에서 벗어나 잠시나마 평안과 위로를 찾았으면 좋겠다.

적당히 힘든 산행을 마치고 나니 먼저 도착한 청솔산악회는 각자 준비해 온 음식을 세팅하고 있었다. 친구 소개로 어색한 인사를 나누며 쭈뼛쭈뼛 서 있는 나에게 그들은 자리를 내주며 반겨줬다.

일행은 15명이었고, 여자는 4명, 대부분은 60대 중후반의 남성이었다.

"구력 20, 30년 된 프로들이셔. 정말 산을 사랑하는 사람들이야."

"아! 그렇구나."

"다들 좋은 분들이니 넘 낯가리지 말고 편하게 해."

친구들은 내 성향을 아는지라 미안하게도 내 마음 살피기 바빴다.

"알았어. 나 괜찮으니 신경 안 써도 돼."

회원들은 각자 준비해 온 도시락을 배낭에서 하나하나 꺼냈다.

갑오징어, 김밥, 두릅, 라면, 어묵국, 과일, 커피 등등… 형형색색 보암직스럽고 먹음직스러운 게 산해진미 부럽지 않다.

"싱싱한 갑오징어예요." 초장까지 직접 찍어 건넨다.

"이것 좀 드셔보세요? 두릅 향이 끝내줘요."

"산에서 끓인 라면 드셔보셨어요? 죽입니다."

온갖 음식을 내밀며 누구랄 것도 없이 이것저것 챙겨 주셨다.

처음으로 산에서 먹는 라면은 정말 꿀맛이었다.

자연이 우리에게 모든 걸 내어주듯, 아낌없이 베푸는 그들의 모습이 꼭 자연을 닮았다.

20, 30년 동안 산을 오르다 보니 시나브로 자연의 큰마음을 가졌으리라!

나는 향이 그윽한 커피 한잔을 들고 바위에 앉아 조용히 맛을 음미했다.

산 중턱에서 풍경을 눈으로 마시고, 찌지징 흩어지는 보드라운 햇살은 마음마저 간지르르 하다.

나무 소리 사이로 바람이 지나갈 때마다 나뭇잎 부딪히는 소리와 파드득 푸드득 작은 날개짓 하는 참새 소리, 저만치서 서로들 그동안 못다 한 얘기 꽃들이 펼쳐지는 정겨운 소리들이 한데 어울려 안온함을 준다.

참으로 평온하다. 이런 게 행복인데…

모든 것을 내려놓고 눈을 감고 귀를 기울이면 비로소 보이는 것들을 놓치고 살았다.

하나 둘 하나 둘

밥 한 끼를 나누면 금방 친해진다는 말이 있다.

정 많은 우리 국민성은 특히나 그렇다.

어색함도 어느 정도 누그러질 때쯤 제일 연장자 한 분이 웃으시며 내 옷차림이 불량하다고 지적하셨다.

갸우뚱하는 나에게 "산에 오르다 나뭇가지에 걸려 넘어질 수 있으니 지퍼는 채우고 트레킹화보다는 반드시 미끄럽지 않게 등산화를 신어야 해요. 신발은 한 치수 더 크게 신고 등산 양말에 끈은 단단히 묶고요."

그분은 하나하나 체크하더니 손수 끈을 단단히 매주셨다.

조금 민망했지만 세심히 가르쳐 주는 배려에 감사했다.

예전에 초보인 친구와 둘이 등산을 갔다가 길도 헤매고 엉금엉금 기다시피 올라가 엉덩이로 미끄러지면서 내려온 고생했던 기억이 났다.

딱 두 번 등산을 갔었는데 두 번 모두 온몸이 쑤시고 엄지발톱에 멍이 들어 빠지고 새 발톱이 나기까지 고생했다.

장비도 제대로 갖추지 못하고, 등산에 무지했으니 예견된 일이었다.

하산하는 길이 온통 가파른 바윗길이라 무서웠다.

친구와 고참이 내 양 옆에서 손을 잡고 바위를 내려갔다.

"몸을 약간 뒤로 제치고 시야는 좀 멀리 보세요. 다리는 11자 반듯하게 앞으로 걷고, 옆으로 움직일 땐 게걸음처럼 '하나, 둘, 하나, 둘' 옆으로 걸으면 돼요. 다시 한번 옆으로 하나, 둘, 하나, 둘"

마치 어린아이 걸음마 배우듯 한발 한발 옆으로 앞으로 반복하며 나아갔다

신기하게도 가르쳐 주는 대로 하니 미끄럽지도 두려움도 사라졌다.

"처음치고는 정말 잘하는 겁니다."

뒤따라오던 다른 분들은 내 용기에 잘한다, 잘한다, 격려해 주며 응원해 주었다.

그리고 뒤로 내려가는 일명 '삼지법'에 대해서도 시범을 보이며 가르쳐 주셨다.

등산 장갑을 끼고 있던 나에게 바위를 내려갈 땐 손가락이 보이는 반장갑을 껴야 미끄럽지 않다며 내가 모르는 것들을 하나하나 짚어 주셨다.

30년간 산에 오르면서 몸소 익혀왔던 경험과 노하우를 초면인 나에게 아낌없이 전수해 주신 것이다.

청솔 회원들의 도움과 따뜻한 응원에 힘입어 큰 어려움 없이 난 무사히 등산을 마칠 수 있었다

긴장한 탓에 다리는 좀 당겼지만, 기분 좋은 뻐근함이다.

정상을 정복하는 건 등산의 백미이자 완성이라고들 하는데 도전해 볼 용기가 생겼다.

누군가의 도움과 조언으로 등산에 대한 안 좋은 기억을 바꿀 수 있

었던 소중한 순간이었다.

일상의 업무나 사회생활이 버겁게 느껴질 때, 그 구속에서 물리적, 심리적으로 벗어날 수 있는 공간인 산을 좋아하게 되고 등산을 가게 되는 것 같다.

코로나 사태로 몸과 마음이 지친 모든 이들이 잠시나마 산에서 위안을 얻고 휴식을 취할 수 있는 것 같다.

아낌없이 주는 나무처럼 도움 주신 서울청솔산악회 회원들과 친구에게 다시 한번 머리 숙여 감사드린다.

앞으로 진정한 산악인이 되어 오늘의 따뜻한 추억을 다른 이들에게 전해줄 수 있기를 기대하며, 내 인생도 누군가의 기억 속에 좋은 추억으로 차곡차곡 쌓이길 소망한다.

주름살에 가족을 품고 이웃을 품고 가는 구부러진 산 같은 사람으로.

정은경

봄에 익은 감

늪에서 빠져나오기

인생 소풍

게릴라 가족

정은경은 열정과 관심사가 많은 여성이었지만 자신의 진정한 소명을 발견하기까지의 여정이 항상 쉽지만은 않았습니다. 어렸을 때 몸이 약했던 그녀는 스스로를 돌보는 것의 중요성을 절실히 깨달았습니다. 건강과 웰빙에 관한 책이라면 무엇이든 손에 닿는 대로 읽었고, 곧 대체의학에 매료되었습니다.

초등학교 때 은경 씨의 세계는 〈세계명상록〉을 발견하면서 열렸습니다. 책이 다 마르고 닳을 때까지 읽었고, 이는 평생 배움과 탐구에 대한 열정을 불러일으켰습니다. 6학년이 되자 친구들과 함께 시를 써서 서로 읽어주기 시작했습니다. 이를 통해 창의력을 발휘할 수 있는 새로운 출구가 생겼고, 글쓰기에 재능이 있다는 것을 발견했습니다.

사춘기 시절, 은경 씨는 항상 1등을 위해 노력했지만, 몸은 종종 그녀를 실망시켰습니다. 또래 친구들을 따라잡기 힘들 정도로 신체적 어려움을 겪기도 했습니다. 하지만 포기하지 않고 최고가 되기 위해 끊임없이 자신을 채찍질했습니다.

대학에서 언어교육을 전공한 은경 씨는 신체적으로 힘들었던 기억이 많았습니다. 그러던 어느 날, 문장 연습 수업에서 교수님이 은경 씨의 글쓰기를 칭찬해 주셨고, 은경 씨는 자신감을 얻게 되었습니다. 글쓰기가 자신의 진정한 열정이라는 것을 깨닫고 더 진지하게 글쓰기에 매진하기로 결심했습니다.

20대 중반, 은경 씨는 엄마가 되면서 몸 상태가 완전히 엉망이 된 자신을 발견했습니다. 이를 계기로 건강과 대체의학에 관한 관심이 더욱 커졌고, 명상을 하며 몸과 마음을 돌볼 수 있는 다양한 방법을 모색하기 시작했습니다. 결국 그녀는 건강과 웰빙에 대한 열정을 다른 사람들과 공유할 수 있는 홍삼 회사에 취직하게 되었습니다.

30대에 은경 씨는 독서 모임에 가입하여 2년간 일주일에 한 권씩 책을 읽었습니다. 이를 통해 비판적 사고력을 키우고 세상을 바라보는 넓은 시각을 갖게 되었습니다. 또한 건강과 대체의학 공부를 계속하면서 건강과 심리학의 연관성에 관심을 갖게 되었습니다. 그녀는 심리학 학위를 취득하기로 결심하고 자신의 생각과 감정을 표현하는 방법으로 시를 쓰기 시작했습니다.

40대 후반에 은경 씨는 상담심리학과 대학원에 입학했습니다. 마침내 자신의 진정한 소명을 찾았다고 느낀 그녀는 건강과 심리학에 대한 지식을 결합하여 다른 사람들을 도울 수 있다는 사실에 흥분했습니다. 지금까지 해왔던 모든 일들이 지금 순간을 향해 자신을 이끌고 있었다는 것을 깨달았습니다.

은경은 자신의 삶을 돌아보며 자신이 가진 모든 것이 연결되어 있다는 것을 깨달았습니다.

어렸을 때 읽었던 세계사 책은 그녀의 호기심과 배움에 대한 사랑을 불러일으켰습니다. 신체적 어려움에 시달리던 그녀는 대체의학과 명상을 탐구하게 되었습니다. 글쓰기에 대한 열정은 자신을 표현하고 상담심리학에서 자신의 진정한 소명을 찾는 데 도움이 되었습니다.

은경 씨는 자신이 겪은 어려움들이 지금의 자신을 있게 해주었기에 감사했습니다. 그녀는 앞으로 어떤 일이 펼쳐질지 기대에 부풀어 있고, 그 과정에서 계속 배우고 탐구하며 다른 사람들을 돕기로 결심했습니다.

봄에 익은 감

"난 이제 다 컸다."

이런 맘이 든 건 우습게도 고작 초등학교 2학년 때였다.

빈손으로 시작해서 다섯 자녀를 학교에 보내기 위해 밤낮없이 일하시는 부모님, 그 당시 내 눈에 무척이나 바빠 보였던 언니, 4대 독자 오빠, 2살 4살 터울의 여동생들은 내가 업어 키울 정도로 어렸던 그 시절. 그 중간에 서서 이 모든 상황을 컨트롤하고 헤쳐나가야 할 사람이 나라고 생각했던 게 그때였던 것 같다.

학교 다녀오면 숙제를 마친 후 여름에는 들에 나가 소꼴을 한 포씩 베어오고 겨울에는 산에 가서 땔감용 깔비를 한 포대씩 거머왔다. 4학년 때부터는 부엌일을 시작했고 소죽 끓이기, 빨래도 당연히 내 몫이었다.

한번은 소죽을 끓였는데 방에서 TV 보느라 퍼줄 사람이 아무도 안 나와서 내가 해보지 뭐 하다가 뜨거운 가마솥에 팔이 들어가 데인 적도 있었다. 멀리까지 나가 풀을 베었는데 너무 많은 양이라 버리기도 아까워 되는대로 보자기에 싸서 이고 오느라 목뼈가 나가는 듯한 고통까지 겪었다.

지금도 뼈가 삐걱거리며 아플 때면 그때 그 장면이 자꾸만 떠오른다. 그게 뭐라고 그리 힘들게 이고 왔을까. 중간에 힘들다고 내려놓으면 다시 머리에 올려 줄 사람이 없었기 때문에 무조건 집까지 걸음을 재촉해야만 했다. 나는 어린 날 왜 그렇게 힘들게 종종거리며 들고 다녔을까 생각하곤 한다.

왜 도움을 요청할 생각을 못 했을까? 아니 안 했을까? 그 시절 즐겨 읽던 로빈슨크루소가 꼭 나 같다는 생각을 많이 했었는데 지금 생각해보니 로빈슨은 곁에 사람이 없었지만, 끊임없이 도움의 손길을 향해 신호를 보냈다는 점이 나랑 완전히 다르다는 것을 이제야 깨달았다.

결혼한 지 10년 정도 되었을 때, 크게 교통사고가 난 적이 있었다. 그 전에는 동부간선도로에서 혼자 졸음운전을 하다가 가드레일을 들이받았는데, 상대방은 다친 사람이 없어서 그 새벽에 공업사에 전화를 걸어 처리하고 왔었는데 이번에는 달랐다.

에어백이 터지고 상대편 차는 경차라 사람 없는 뒷부분은 거의 반파될 정도였다.

"심장이 두근거리더라. 내가 살아 있다는 걸 느꼈다."

도움을 요청한 남편이 내게 달려오면서 한 말이다. 10년 만에 남편이 살아있다는 걸 처음 느끼다니….

내가 뭔가를 하는 게 당연하다고 생각하고 있어서인지 어딜 가나 일을 몰고 다니는 사람처럼 할 일이 생긴다. 그러다 하나를 온 힘을 다해 끝내고 나면 체력 회복을 위해 동굴에 들어가 휴식을 취해야 한다.

"엄마는 왜 맨날 힘들게 살아요? 그냥 좀 쉬시면 안 돼요?"

잘 지내다가 내 힘에 부쳐 이러지도 저러지도 못해 화살을 식구들을 향해 쏟아내고 있을 때 큰아들이 내게 한 말이다.

"당신은 자기계발서를 너무 많이 읽어서 그런 거 같아."

체력적으로 힘들어하면서도 끊임없이 일을 벌이고 그걸 해내느라 끙끙대는 내게 남편이 해준 말이다. 이제는 나를 가장 잘 아는 사람은 나를 키워주신 부모님보다 더 긴 시간을 함께 보내고 있는 남편과 아이가 아닌가 싶다.

'그렇지, 내가 왜 이렇게 힘들게 사는 걸까? 내가 움직일 수밖에 없는 이유는 무엇일까?'

나이 들수록 자주 동굴을 찾게 되면서 생각이 많아졌다. 외부로 향했던 관심을 내부로 돌려보자고. 내가 나서지 않아도 더 잘 챙기는 가족들이 보이고, 뭔가 척척 돌아가는 상황들을 보면서 '아, 나 지금껏 혼자서 뭐했던 거지?'라는 생각이 밀려왔다.

그저 진심을 담은 '고맙다' 그 한 마디가 오히려 따뜻한 관계로 열어지는 것을…. 이제 힘들면 힘들다고 말하고, 필요할 땐 도와달라고도 해보고 그리 살아봐야겠다.

봄인데 벌써 홍시가 되어버린, 어설프게 일찍 철들어버린 내가 지금껏 살아내느라 너무 애썼다.

늪에서 빠져나오기

자타공인 약골

6년 전, 아버지는 식도암 진단을 받고 식도를 잘라 위와 연결하는 수술을 받으셨다. 키가 180이 넘으시고 체격이 크셔서 젊었을 때는 힘 꽤나 쓰시던 일꾼이셨을 텐데 지금은 그 모습을 어디에서도 찾아볼 수 없고 누가 봐도 위태해 보이신다. 다리는 내 팔뚝 정도나 되려나… 위장이 작아졌으니 드시는 양도 적고, 바로 누워서 주무실 수 없어 등은 굽어지고….

볼 때마다 안쓰러운 아버지는 아이러니하게 지금도 나를 볼 때마다 걱정이 많으시다. 몸은 괜찮냐고, 보릿고개 지나 태어나 제대로 못 먹여서 약했던 딸이 늘 걱정이란다.

어린 시절 나는 누가 봐도 약하긴 했나 보다. 까무잡잡한 시골 아이들 틈에 유달리 하얀 아이, 빼빼한 몸, 툭하면 배가 아파 밥 굶기를 밥 먹듯 해서 늘 힘이 없던 아이. 한번은 2교시 마치고 쉬는 시간에 엎드렸는데 일어나보니 4교시 끝나 점심때였다. 부스스 일어나 상황 파악 후 왜 깨우지 않았냐고 물으니 선생님이 더 자게 놔두라고 하셨단다. 그래서일까? 내 책상은 자주 내 잠자리가 되어주었고, 친구들은 내가 추울까 봐 가끔 옷도 벗어서 덮어 주곤 했다.

깡 시골인 우리 동네는 읍내까지 나가야 병원에 닿을 수 있고 그나마 쓸만한 병원까지 가려면 대구로 나가야 했다. 그런 동네에 의대생들의 친절한 봉사활동은 일 년에 몇 안 되는 고마운 날 중에 하나다. 어르신들은 여기저기 아픈 데 호소할 것들을 한 보따리 풀어놓을 작정으로 줄을 기다리신다. 그런 어르신들 사이에 같이 서 있는 어린 꼬맹이는 내가 유일했다.

"밀가루를 먹으면 속이 따가워 예."

뭐 이런 인생 2회차 같은 증상에 봉사활동 나온 의대생 오빠의 눈이 조금 커진 것도 같고 설핏 웃었던 것도 같고, 아무튼 나는 그 맛있다는 삼양라면을 먹지도 못하고, 빵도 먹었다 하면 위장이 멈춰버려서 온 세상이 멈춘 것 같은 그 괴로움에서 벗어나고팠다.

건강을 향한 험난한 여정

몸에 걸린 삶! 어떻게 하면 건강해질 수 있을까? 초등학교 때 나는 의사가 되어야겠다고 생각했었다. 거기에 뭔가 길이 있어 보였다. 중3쯤 되고 보니 현실적인 점수와 이상 사이의 거리를 실감하면서 그럼 약대라도 가야지 하고 생각했다. 그마저도 시험 때마다 한약으로 근근이 버티는 체력으로는 힘에 부친 이상이었다.

내 삶은 온통 몸의 건강을 위해 세상의 많은 것들을 적용해보는 실험실 같았다. 다른 과자는 먹으면 속이 난도질당하는 느낌인데 이건 괜찮은 것 같다. 피자 한 조각 먹었더니 역시나 별로야.

"엄마는 리트머스 시험지 같아요."

아들이 엄마가 무언가를 먹고 반응을 즉각 얘기하는 것을 보고 해준 명언이다. 등산 갈 때 산 밑에서 지역특산품이라며, 흑마늘 즙을 소주잔에 반 컵씩 나눠주었는데 그걸 마시고 산을 가뿐하게 타는 걸 보고 남편도 신기해했다. 어떻게 그 적은 양을 마시고 바로 몸이 알아차리냐고.

그래서 누가 시중에 나와 있는 좋다는 건강식품을 확신 있게 추천하면 내 몸으로 검증해 보는 걸 수년간 해본 것 같다. 그러면서 따로 건강 관련, 음식 관련, 영양소와 신체에 관해 나름 배우고 지식을 쌓았다.

운동도 늘 함께하는 친구다. 그중 내가 제일 좋아하는 것은 걷기다. 특히 걷다가 적당한 곳을 만나면 바로 맨발로 걷는다. 이온의 교환이라는 어려운 말은 잘 몰라도 맨발로 걷다 보면 뜨거웠던 머리가 금세 시원해진다는 건 안다. 몸무게가 1도 달라진 게 없는데 가벼워지는 건 확실하다.

건강지킴이

요즘은 누가 어디가 안 좋다는 말이 들리면 소머즈처럼 그 얘기가 뇌리에 와 박힌다. 그리고 여러 질문을 한 후 알맞을 법한 몇 가지 지침을 알려주곤 하죠. 의대 약대를 가진 못했지만, 많이 아파 본 수년간 쌓은 경험을 바탕으로 누군가에게 손 내밀 수 있는 사람이 되고 있다는 게 참 좋다.

몸이 늘어지면 늪에 빠져 있는 기분이다. 움직이려 해도 이유 없이 더 깊은 수렁 속으로 빠지는 늪. 하고 싶은 것, 꿈꾸던 것을 그저 머리로만 굴릴 수밖에 없는 상태가 얼마나 속상하고 절망적인지 겪어 본 사람은 안다. 그런데 그 늪을 빠져나온 사람은 그 늪에서 빠져나오는 방법을 알고 있다. 이제 나는 손을 내밀어 보고 싶다.

인생 소풍

사는 공간이 온 세상이었던 시골 마을의 초등학생 시절!

그 당시 직할시인 도시에 사는 삼촌이 가끔 오시곤 했다. 지금 생각해 보면 조카들이 자라는 모습이 눈에 보이는데 열악한 교육환경이 안쓰러웠는지 여러모로 신경을 쓰셨던 것 같다. 5명의 조카 중 유독 나에게만 일일공부라는 학습지를 하게 한 것도 그 삼촌이다.

나는 이 글을 쓰면서 처음으로 삼촌에게 한 번도 고맙다고 한 기억이 없다는 것을 깨달았다. 어릴 땐 그저 쑥스러움이 많아서였고, 커서도 딱히 대화할 접점이 없긴 했다. 마냥 아버지의 이부동생으로 멋있는 모습의 삼촌이었지만 거리감이 있는 먼 사람이었다.

그런 삼촌이 초등학교 5학년 때 20권짜리 세계문학전집을 사다 주셨다. 책이라고는 교과서밖에 봐오지 못했던 내게 처음으로 긴 글로 접하게 된 문학작품이었다.

그 중 유달리 내 심장을 두드리는 책은 죄다 모험에 관한 내용이었다. 톰소여의 모험, 로빈슨크루소, 80일간의 세계일주…. "톰 대답이 없다, 톰 역시 대답이 없다" 이렇게 시작하는 톰소여의 모험이 아직도 떠오르는 걸 보면 얼마나 닳도록 읽었는지 짐작이 갈 만하다. 톰과 친구들이 바닷가에서 튀겨 먹었다던 거북이 알의 맛이 아직도 궁

금해서 언제가 맛볼 기회가 생기길 바라고 있다.

난파되어 아무도 없는 무인도에서 홀로 살아 나가는 로빈슨크루소의 모험은 지금도 내 삶의 일부로 살아 숨 쉰다. 난파된 인생의 한 조각들 속에 홀로 남겨진 듯한 외로움과 산적한 많은 것들을 하나씩 해결해 내야 했을 때 어김없이 로빈슨 아저씨가 떠오른다. 나무껍질에 돌로 한 줄 한 줄 그으며 날짜를 카운트해 나가는 그 장면을 떠올리며 인생의 긴 어둠의 터널을 그렇게 함께 빠져나왔다.

세계 일주를 80일간 지구를 한 바퀴 돌아야 하는 숙명을 가진 주인공! 그 속에서 만들어지는 스펙터클한 생존 싸움은 요즘 아이들이 제 방에 콕 틀어박혀서 하는 게임의 그것들과는 비교가 안 된다.

9시만 되면 불을 꺼야 하는 깡 시골의 컴컴한 방 한쪽 구석에서 개구리 소리, 귀뚜라미 소리, 천장 쥐새끼들의 단거리 질주 소리를 ASMR 삼아서 보는 것이기에, 거기다 자기 세계가 다인 줄 알던 한 아이의 상상력이 더해져 더 쫄깃하고 현장감 넘친다. 그 80일을 주인공하고 몇 번을 같이 갔다 왔는지 기억도 안 난다.

그 고난 중에 인생을 함께할 반려자를 만나고, 그 반려자를 구해 내느라 간발의 차이로 제시간에 도착하지 못했을 때도 그 사람으로 인해 위로되었기에 함께 다행스러워했다. 그 후 혼인을 위해 교회로 가서 시간을 예약하려다 알게 된 하루의 여유! 79일째란 걸 알았을 땐 주인공과 함께 환호했다. 지구 자전의 마술에 매료되어 더욱더 이 둥근 세상을 돌아봐야겠다는 마음이 들었다.

대학에 들어가고 읽었던 〈연금술사〉. 신학을 하라던 아버지의 권유보다 자기 세계를 살고 싶었던 주인공이 양치기의 삶을 택하고 그것도 다음 스텝을 위해 다 버리고 연금술사를 찾아 떠나는 여행자의 여정을 살아내며 겪는 이야기들….

그리고 내가 좋아하는 천상병 시인의 '소풍'이라는 시!! 지구에 소풍 온 이상 둘러보고 싶다. 각 나라의 생각들, 가치관, 문화들이 스며있는 현장 속에서 숨 쉬고 느껴보고 싶다. 그리고 그 여정들 속에서 가치들을 건져내고 싶다. 어떠한 인생도 그저 온 인생은 없을진대 이러한 모습으로 살아가는 많은 군상의 모습 속에서 삶의 정수를 끌어내 보고 싶다.

10년을 목표로 준비하고 있다. 4년 정도 되어간다. 언젠가 편안해지면이라는 주문에 속지 않을 방법은 긴 시간의 준비뿐이다.

나는 그들처럼 심각한 모험을 하면서 여행하고 싶지는 않다. 문학 작품 속 그들이 나에게 남겨준 유산은 떠날 마음을 심어준 것만으로도 할 일을 다 했다. 나는 럭셔리한 여행을 꿈꾼다. 그것에 딱 맞는 상품을 찾았다. 3개월짜리 크루즈 세계 일주. 배를 타고 여행하며 항구에 정박하고 그 지역을 탐험하는 것이다.

이 여행을 하며 각 나라를 담아내는 글을 쓰고 싶다. 김형경 작가의 〈사람의 풍경〉처럼 여행지에서 본 것을 담으면서도 심리 에세이가 되는 그런 책을 쓰고 싶다. 눈으로만 보고 오는 여행이 아니라, 글자로 남겨지는 여행. 그래서 마음 깊이 남아지는 여행. 그래서 누군가에게 불씨가 될 수 있는 여행이 되고 싶다. 깊은 사색의 시간과 나와 글 속에 깊이 파고드는 시간을 갖는 그런 여행. 그러려면 룸을 혼자 써야 할지도 모르겠다. 10년으로 안 되면 더 모아야 한다. 무릎이 성할 때 떠나야 한다고 했던가. 튼튼한 무릎을 위해 운동하러 가야겠다.

게릴라 가족

사는 게 전쟁 같다고 생각했다. 집은 베이스캠프!

각자 치열하게 전장에서 싸우다 집에 와서 옷도 갈아입고, 마음도 새로 정비하고, 영양분도 보충하고 기력 회복하여 다시 전장에 나갈 수 있게 하는 그런 곳 말이다. 그래서인지 우리 가족에겐 여행이 너무 생소했다. 누군가 휴가 잘 다녀왔냐고 물어오면 휴가 그게 뭐냐고 되물을 정도로….

우리 가족 네 사람은 뭉치기가 너무 어려운 각자의 스케줄과 성격을 갖고 있다. 성실과 책임감으로 점철된 남편은 26년의 직장생활 중 휴가라는 이름의 휴가를 단 한번도 다녀온 적이 없을 정도로 그렇게 사는 사람으로 각인되어 있다.

항상 그렇게 살아왔기 때문에 그게 그냥 삶이 되었다. 쉬는 날은 다음 주를 위해 충전해야 한다며 내가 나가자고 하기 전까지는 침대와 소파를 벗어나는 법이 거의 없다.

초등학교 3학년 때부터 야구를 한 막내는 겨울방학은 늘 전지훈련을 떠나 설날도 집이 아닌 다른 곳에서 보냈고, 추석 때는 시즌 중이라 이틀 정도의 휴가만 나왔다.

큰아들은 집을 너무 사랑하는 집돌이다. 학교를 갔다 오면 집, 지금은 직장을 집 근처로 다녀서 자전거 타고 끝나자마자 퇴근 후 집. 주말도 내내 집에서 보내는 것을 최대의 낙으로 여긴다.

교육회사 프리랜서로 일하는 나는 지방 출장도 많고 배우는 것 좋아하고, 호기심 많고 일벌이기 좋아해서 스케줄이 많다. 꼭 빠지면 안 되는 일뿐만 아니라 내가 주최하고 있어서 더 빠지면 안 되는 독서 모임이나 수업 등 달력은 늘 채워져 있다.

정신없이 살다가 문득 우리 가족 이대로 가다간 나이 들어서 함께 얘기 나눌 추억거리가 너무 없는 건 아닐지 걱정될 때가 있다. 그럴 때 후다닥 스케줄을 모아본다. 금요일 밤 4가족이 토요일 쉬는 게 확인되면 토요일 새벽이 바로 그날이다. 새벽 4시쯤 일어나 눈 못 뜨는 애들 깨워서 뒷좌석에 밀어 넣으면 동해가 보일 때까지 구겨져서 잔다. 남편이 운전하는 동안 옆에서 부지런히 맛집, 카페, 가볼 만한 곳 검색은 내 몫. 너무 이른 탓에 가게 문을 열지 않아 바닷가에서 한참 걷고 놀다 와야 해도, 그저 아무말 안 해도 함께 움직이는 것 자체가 그림이다. 우스꽝스런 사진도 찍고 그걸 또 카톡 대문 사진에 올리고, 평소 못했던 대화도 나누고 이 맛에 여행하나보다. 아침으로 뜨근한 물곰탕 한 뚝배기하고 커피 거리에서 차 한잔하고 엄청 맛있다는 메밀 국숫집을 점심으로 먹고 풍광 좋고 걷기 좋은 곳 한참 거닐다 와도 오후 4시면 어느새 집이다. 12시간의 깔끔한 여행~ 그야말로 게릴라 작전 같은 여행이다.

이런 와중에 그래도 시간이 맞아지는 때가 드디어 왔다. 고3이라

시즌이 끝나 막내아들이 처음으로 편안하게 추석에 길게 시간을 낼수 있게 되었고 다른 가족들도 명절이라 시간이 가능했다. 명절에 고향에 내려가 어르신들과 보낼 이틀 정도의 시간은 필요하기에 우리는 그 앞의 시간을 활용하기로 했다. 고향 내려가는 길에 다른 데서 1박하기!! 20년 넘게 산 가족에게 그게 뭐 그리 큰 이벤트냐고 할 수도 있으나 우리 가족에겐 외박하려고 숙소를 알아보고 1박2일 일정을 짜는 것 자체가 큰 이벤트였다.

정선에서 레일바이크를 시작으로 어린애처럼 놀거리를 찾았다. 애들이 어렸을 땐 내가 몸이 안 좋아 잘 데리고 다니지를 못했고, 좀 커서는 학원을 운영하느라 우리 애들은 늘 뒷전이었다. 다 커서, 아니 너무 커서 둘 다 키가 180cm를 훌쩍 넘겼는데도 노는 건 영락없이 어린애 그 자체다. 환한 웃음 속에서 어릴 적 얼굴을 캐낸다. 뭐가 그리 바쁘다고 이제야 보이는지….

단양 8경을 찾아다니다 사인암 아래 물가로 내려가 물수제비 뜨기 내기를 했다. 내 짱돌은 겨우 서너 개 나가다 풍덩 빠질 즈음, 역시나 운동선수는 달랐다. 잔잔히 흐르는 물결 위로 날렵한 차돌이 사뿐사뿐 얹혀가면서 역C자로 휘어서 반대편까지 도달하는 게 아닌가! 영상을 남겨 놓지 않았다면 아무도 못 믿을 놀라운 쾌거였다.

굽이굽이 돌아 안동의 한옥마을에서 편의점 하나, 치킨집 하나 없는 곳에 1박할 곳을 잡았더니 야식 사러 가려면 가장 가까운 곳이 30분 거리, 왕복 1시간이었다. 공자의 학이(學而)편 주요 구절이 현판으로 내걸린 방에 두 아들도 저리 군자가 되기를 바라며 내려두고, 가로등 없는 깜깜한 산길을 달려 프렌차이즈 치킨 아닌 순수 시골 치킨을 안고, 야식 구하기 미션을 완료했다. 노는 것도 야전 캠프 느낌~ 암튼 그래도 울 가족 퇴계 이황을 만날 것 같은 동네에서 푹 잘 쉬고 명절 쇠러 고향으로 내려갔다.

그 후 또다시 4년을 지나는 동안 집을 베이스캠프 삼아 사는 상황은 변하지 않았지만, 문득문득 그 물수제비가 떠오른다. 언제든 풍덩 빠져버릴 수밖에 없는 세상살이 중에도 가볍게 가볍게 무사히 건너기를… 직진이 아니고 돌아가도 좋으니 가장 좋은 방법을 찾아 조화롭게 넘어가기를… 많은 시간을 함께하진 못해도 가족이라는 이름으로 어떤 시련도 사뿐히 넘어갈 수 있게 서로에게 표면장력이 되어주기를….

다가오는 12월이 되면 막내가 대학 마지막 학기를 끝내고 프로선수로 합류 전 잠깐의 시간이 생긴단다. 조심스레 가족여행을 구상해보고 있다. 훗날 돌아보며 나눌 수 있는 얘깃거리가 더 많이 쌓여가도록 이번에도 작전을 잘 짜야겠다.

오순옥

가족이란 울타리

우리 엄마가 좋아

마음의 길을 찾아서

여우의 꿈

기다림도 사랑

♣ 오순옥 스토리 : 내 이름은 오순옥

나는 아주 작은 시골 마을인 공주에서 자랐다. 어린 시절 대부분을 자연과 벗 삼아 뛰놀며, 온순하고 순수하기로 소문났지만, 특별히 눈에 띄는 재능이나 관심사가 있었던 것은 아니었다.

고등학교 시절에는 공주에서 처음으로 생긴 여상에서 직업인이 되기 위한 전문적인 훈련을 받았다. 여상을 졸업한 후 나의 가족은 서울로 이사를 왔고, 나는 숭의전문학교 의상학과에 진학한 후 이른 결혼을 했다.

20대 초반 첫 아이를 출산 후 남편과 함께 침구 사업을 시작했다. 침구 만드는 경험이 전혀 없었던 나는 의상학과를 다니면서 익혔던 봉제 기술로 침구 만드는 방법을 익혀갔다. 남편은 관리와 영업, 나는 디자인과 재무 관리 등 전반적인 경영을 담당했다. 초반기의 수많은 어려움은 시간이 지날수록 노하우로 빛이 났다. 침구 업계에서는 차별화된 기업으로 인정받으며 나에게 자부심과 성취감을 안겨주었다.

이후 25여 년 동안 남편과 같은 일을 하며, 나와 성격이 전혀 다른 남편과의 어려움을 헤쳐나가면서 두 자녀를 키우는 데 집중했다. 나는 배우자에게 순종하는 것만이 미덕이라는 생각에 반기를 들었다. 배우자를 향한 무조건 순종과 회피는 가족의 상처가 되어갔다.

회복을 위해 마음 공부를 시작했다. 성격에 관한 에니어그램, 색을 통한 심리 등 상담과 교육을 통해 자신답게 살아가는 삶의 기술을 터득해갔다.

50대가 된 나는 일하는 엄마가 흔히 겪었던, 자녀들이 어린 시절 보살핌을 받아야 할 때 제대로 돌봐주지 못했다는 빚진 마음이 있었다. 그 마음을 미얀마의 어린 청소년들에게 이제는 성인이 된 두 딸에 대한 엄마의 빚진 마음을 풀어갔다.

미얀마 아이들이 꿈을 키우며 성장할 수 있도록 공부방 교실, 한국어 교실, 미싱 교실, 전기 교실 등 후원자들과 미얀마 아이들을 키우고 있다.

가족이란 울타리

여행길에 불쑥 찾아온 낯선 생각

회원들과 함께한 제주 여행을 출발하면서 내 마음을 지배했던 것은 가족이란 단어였다. 원래 이번 여행은 "나를 중심으로 세상이 움직인다."라는 주제로 25명 회원과 함께 떠난 여행이었다.

그러나 내 마음은 '내'가 아닌 '가족'이란 단어였다. 가족이란 단어가 여행 시작부터 입안의 가시처럼 내 마음을 후비고 다녔다. 가족이 함께할 수 있는 가족 친화적인 놀이터로 무엇이 좋을까? 이런 생각이 든 것은, 두 아이는 결혼 적령기에 접어들고, 남편이 직장에서 은퇴한 후 홀로서기를 위해 이곳저곳을 기웃거리면서부터였다. 이런 일로 가족들 사이에 긴장과 불협화음이 생기기 시작했고, 평화주의자인 나는 가족의 구심점을 만들어 평화로운 가정을 만들어야 한다는 의무감이 커졌다.

나는 무언가 일거리가 생기면 앞만 보고 돌진하는 습성이 있다. 내 머릿속이 갑자기 바빠진다. 가족의 평화를 위한 놀이터를 만들려면 무엇이 필요할까? 질문을 던져 놓으니, 나의 에너지가 사방으로 뻗친다. 두 아이, 결혼 적령기, 남편, 정년퇴임, 홀로서기, 가족 상담, 부부 상담 등 나와 관련된 키워드를 나열하다가 혜성처럼 떠오른 단어 하나. '결혼 교실'이었다. 내 머릿속에 가족 놀이터로 "결혼 교실을 만들어보자."라는 꿈이 그려지자, 그 꿈은 풍선을 타고 사방으로 돌아다니며 주변의 지인들에게 조언을 구했다.

"가족 놀이터로 '결혼 교실'을 만들까 생각 중인데 어떻게 생각하세요? 새로운 사업 아이템으로도 좋을 것 같은데…"

나의 심쿵한 호기심이 날개를 달았다. 현재 결혼 시장을 조사해보니, 결혼 상담소나 결혼 준비를 위한 업체는 많았다. 하지만 연애를 잘할 수 있도록 운영하는 결혼 교실은 없었다. 단순히 우리 가족과 공유할 수 있는 작은 공간을 만들어보자는 '가족 놀이터'의 꿈이 어느새 큰 사업으로 발전했다.

아이디어가 사업으로 바뀌고 나서 자료를 모으고 지인들에게 조언을 구하면서 해야 할 일들이 눈덩이처럼 불어나기 시작했다. 한 가지 일에 관심을 가지면, 이미 하고 있던 일은 손을 놓고 전혀 돌보지 못하는 나의 습성이 이번에도 고스란히 드러났다. 나의 머릿속이 온통, 가족 놀이터를 위한 결혼 교실로 가득해지면서 이번 일은 나와 가족을 위하여 준비된 절호의 기회라는 확신마저 들었다.

생각의 늪에 허우적거리다

나의 확신은 더욱 굳어져 가면서 동시에 급행열차를 타고 어두운 터널을 끝없이 지나가는 듯한 희비가 교차했다. 그러다가 문득! 나에게 갑자기 찾아온 가족 놀이터에 대한 욕구가 몰입될수록 생각의 늪에서 허우적거리고 있는 것 아닌가 하는 생각이 엄습해왔다. 어! 이게 뭐지? 지금 내가 뭘 하는 거야? 나의 경험상 이럴 때는 잠시, 이 생각의 멈춤이 필요하다. 나는 급행열차를 타고 직진하고 있는데 잠시 멈춤이 필요했다.

가족 놀이터를 생각하기 전에 나는 무엇을 하고 있었지? 컴퓨터를 켜고 바탕화면의 폴더를 살피기 시작했다. 내가 무엇을 하다가 중단하고 가족 놀이터를 구상하고 있었지? 앞으로 무엇을 하려고 했었지? 내가 컴퓨터를 켜자 바탕화면에 미얀마 아이들 이야기로 가득 차 있었다. 장학생 공부방, 싱글맘 미싱 교실, 청년 전기 교실, 한국어 교실, 미얀마 희망글쓰기 교실 등의 폴더로 바탕화면이 가득했다. 내 머릿속은 갑자기 망치로 크게 한 방 얻어맞은 듯 전율했다.

'내가 가족 놀이터로 일터를 바꾸면, 10년 동안 해왔던 모든 일들은, 그리고 나의 목숨보다 소중한 미얀마 아이들은 어떻게 되는 거지?'

성격상 한 곳에 몰입하면, 주변의 다른 것은 보이지 않고, 아무것 하지 못하는 것이 나의 천성이다. 나는 한동안 마음속의 급행열차 안에 '가족 놀이터'라는 꿈을 싣고 경부선, 호남선, 중앙선을 두루 돌고 돌며 혼이 빠지도록 구경한 후에 서울역으로 돌아온 기분이었다.

엄마의 선물은 가족 울타리란다

내가 하던 일을 잠시 잊어버리고 급행열차에 가족 놀이터를 싣고 한참을 여행한 것은 나의 내면의 욕구 때문이었다. 나는 가족에게 늘 빚진 마음을 가지고 살고 있다. 남편과 함께 오랜 시간 자영업을 해왔던 터라, 아이들이 자랄 때 엄마의 손길을 주지 못했다는 죄책감을 가지고 있다. 결혼 적령기에 접어든 두 아이를 위해서 가족 놀이터로 결혼 교실을 만들고 싶다는 욕구도 엄마의 죄책감을 벗고 싶은 마음 때문이었다.

급행열차에서 잠시 멈추고 생각을 정리해보니, 이미 성인이 된 두 아이에게 줄 수 있는 진정한 선물은 가족 놀이터가 아니라 엄마의 사랑을 가득 담은 가족 울타리였다. 훌쩍 커버린 두 아이는 엄마가 주고 싶은 이것저것을 맛있게 받을 수 있는 연령을 넘어섰다. 두 아이는 앞으로 자신들만의 가족을 꾸릴 몸도 마음도 건강한 성인이 되었다. 나는 내가 결혼했던 나이를 훨씬 넘긴 지혜롭고 어여쁜 아이들 이름을 불러본다.

"내 사랑하는 딸들아, 외로울 때나 엄마의 품이 그리울 때나 엄마의 목소리가 듣고 싶을 때 언제든지 엄마를 부르면 된다. 엄마는 항상 너희들 곁에, 너희들 뒤에, 너희들 앞에 서 있을 거란다, 너희들이 엄마를 부르면 순식간에 그곳에 있을 것이다. 엄마는 너희들의 울타리란다."

"엄마는 너희들이 어렸을 때 필요했던 엄마 자리를 놓친 듯해서 늘 죄책감이 든단다. 이제 엄마는 너희들에게 못다 준 사랑을 지금 엄마 사랑을 가장 필요로 하는 미얀마 아이들에게 주고 또 주고 싶단다. 엄마는 가족 울타리 안에 엄마의 사랑하는 두 딸과 엄마가 마음으로 나은 미얀마 아이들을 함께 돌보고 싶단다."

제주 여행을 시작하며 화두였던 가족 놀이터가 여행이 끝날 무렵
에는 가족 울타리로 변했다. 가족 울타리를 확장할 수 있도록 만들
어준 일주일간의 제주 여행은 나의 생애 최고의 이정표가 될 것이다.

우리 엄마가 좋아

빚쟁이 엄마

아이들의 작은 방안은 흡사 전쟁터 같다. 아이들의 각양각색의 내동댕이쳐진 옷가지들이 방 구석구석에서 "나 여기 있어요. 나도 나도" 고개를 내밀고 외치고 있다. 어떻게 이 공간에서 필요한 옷을 찾아 입을 수 있는지… 정말 신기할 따름이다.

나는 둘째가 배 안에 있을 때부터 직업인으로 살았다. 아이는 세상에 나오자마자 놀이방에서 자랐다. 아이들의 부족한 면을 발견할 때마다 나는 가슴을 쓸어내린다.

'아이가 성장 시기에 엄마의 손길이 미치지 못해서 이렇게 부족한 모습이 많이 보이는 것은 아닐까?' 하면서.

아기가 태어날 때부터 엄마와 제대로 애착 관계를 형성하지 못하면 성인이 되어서도 정서적, 인지적 결함이 생길 수 있다는 "보울비의 애착 이론"에 대해 들었을 때, 나는 마음으로 가슴을 치며 후회했다. '내 잘못인가보다, 그때 조금 더 노력했더라면, 아이들에게 조금 더 시간을 들여 보살폈더라면, 지금의 아이들이 더 나은 모습, 나은 가족이 되지 않았을까?'

나는 아이들이 어린 시절, 있는 힘을 다해 하루하루를 버텨내느라 바빴다. 빈손으로 시작한 가정을 세워야 했으므로. 내가 엄마로서 할 수 있었던 일들은 저녁 늦게 집에 돌아와 놀이방에서 돌아온 두 아이의 먹을거리를 챙겨 주고, 씻겨서 재우는 일이 전부였다. 나는 항상 두 아이에게 빚진 마음을 가지고 있다.

언니는 또 다른 엄마

이른 아침이면 큰아이는 아장걸음을 하는 동생의 손을 잡고 미술학원으로 향했다. 나는 언니와 손을 잡고 가는 작은 아이를 애처롭게 지켜보다 반대 방향인 일터로 향한다. 하지만 아이들이 시야에서 사라질 때까지 뒤돌아보며 홀로 손을 흔들었다.

"엄마, 엄마. 오늘 언니가 기차를 그려주었어요. 칙칙폭폭 기차를 타고 여행 갔어요."

"여행을? 어디로 갔는데?"

"언니랑, 엄마랑 그리고 아빠도 같이 놀이동산으로 갔어요."

작은 아이는 천진난만하게 언니와 깔깔대며 종알댄다. 아이 눈에는 언니가 세상 전부였다.

"언니가 해줬어요. 언니가 주었어요. 언니가 준비했어요."

이렇게 엄마의 빈자리를 언니가 차곡차곡 메워주고 있었다.

이렇듯 작은 아이는 언니를 따라서 예쁘게 커 갔다.

"언니는 작은엄마야, 내가 필요한 것은 뭐든지 다 해준다."

아이는 세 살 위인 또 다른 엄마인 언니를 통해 세상을 배워갔다.

겨우 세 살 위인 언니는 엄마 역할까지 하려고 얼마나 버거웠을까?

이젠 훌쩍 커서 성인이 된 두 아이에게 나는 물었다.

"엄마가 너희들 어렸을 때 늘 바빠서 놀아 주지도 못했는데 너희들은 어땠어?"

"초등학교 때, 학교 행사가 있으면 다른 아이들 엄마들이 다 와서 참석하는데, 우리 엄마는 오지 못해서 슬프긴 했어, 엄마 기억나? 초등학교 6학년 때, 전교생 행사 때 내가 앞에서 전교생 음악을 지휘했었는데, 그때 엄마에게 자랑하고 싶어서 초대했었는데, 엄마가 오시지 않아서 많이 슬펐었는데…"

나는 또 한 번 마음으로 통곡한다.

"그랬구나! …미안하다, 정말 미안해."

우리 엄마라서 너무 좋아!

"엄마! 난 엄마가 자랑스러워, 엄마가 우리 엄마라서 너무 좋아."

"엄마의 일하는 모습도 좋고 존경스러워요. 어릴 적에는 엄마는 왜 매일 일만 할까? 다른 엄마들은 학교도 잘 오고, 같이 놀아 주기도 잘하는데, 우리 엄마는 왜 매일 바쁠까? 생각도 했는데, 어른이 된 지금은 엄마가 이해돼요. 빈손으로 시작한 집안을 이만큼 일으켜 세우시느라 힘을 다해 수고하신 것, 그래서 우리가 이만큼 넉넉하게 당당하게 자란 것, 그러면서도 엄마는 스스로 성장을 위해 배움과 일을 놓치지 않고 계시지요. 나도 엄마처럼 살고 싶어요.”

내 눈가에 방울방울 눈물이 맺힌다. 예상치 못한 아이들의 말에 어찌할 줄 몰랐다. 아이들의 부족한 면이 보일 때는 늘 빚진 마음으로 미안했었다. “엄마가 우리 엄마라서 정말 기뻐요.”라는 아이들의 말에 눈물이 났다.

사실 오랜 시간 아이들과 함께 지내면서 느꼈던 죄책감이 나의 마음속 깊은 곳에 만년설처럼 얼어붙어 있다가 순간순간 비수가 되어 내 마음을 찌르곤 했었다.

하지만 아이들은 나를 좋아하고 존경스럽다고 한다. 마음속의 얼음이 녹아내리고 온몸이 따뜻해지는 순간이다.

“엄마도 너희들의 엄마라서 너무 감사하다, 엄마에게 선물로 와 준 너희들이 고마워.”

나는 아이들로부터 앞으로 살아갈 날을 위해 세상에서 가장 값진 선물을 받았다.

“엄마가 우리 엄마라서 너무 좋아.”

“엄마가 존경스러워.”

아이들이 준 선물은 내가 평생 간직할 가장 큰 위로와 희망이 되었다.

마음의 길을 찾아서

소외된 마음

'내 몸이 사람들을 의식한다.'

'그럴수록 나는 자유롭지 못했다.'

'무슨 말을 해야 할까? 저 사람은 어쩜 저리도 말을 잘할까?'

'모든 주목을 받고 있네… 난 뭐지… 여기서 뭐 하는 걸까?'

나는 요즘 들어 공연히 남을 의식하는 자의식에 시달린다. 동창 모임에 참석했던 어제는 바늘 방석에 앉은 듯 불편하기만 했다. 어느 모임이든 사람들이 모인 자리에는 좌중의 시선을 독점하는 사람들이 있다. 배꼽이 빠지게 웃음을 선사하는 사람, 사적인 가족 이야기로 관심을 독점하려는 사람, 이런 이야기들이 한두 시간이 지속된다면 그래도 들어줄 만했다. 그러나 서너 시간이 지속되면 난감하기 그지없다.

나의 일상 중 심심치 않게 생기는 모임이 여행과 차 한잔 모임이다. 생계를 위해 일하는 날이 줄어들고 시간이 많아지면서 각종 모임에 참석할 기회가 많아졌다.

나는 사람들과의 모임에는 분명한 목적과 계획이 있어야 한다고 생각했다. 그러나 별다른 주제도 없이 각자 떠드는 것 같은 분위기의 모임에 가면 그 시간이 무의미한 것처럼 느껴질 때가 많았다. 시간을 낭비하는 것 같아서 그것이 싫었다. 나의 이런 생각 때문에 친구들의 수다방으로 들어가지 못하는 것 같았다.

"어머, 얘들아! 우리 시어머니는 왜 자기 입밖에 모르니."

"남편은 또 어떻구. 왜 내가 가려는 모임에 모두 따라오려고만 하는지 몰라."

"이번에 우리 딸은 돈을 모아서 혼자 집을 샀어."

입담 좋은 친구들의 자랑인지, 푸념인지, 가족의 일거수를 말한다.

서너 시간 계속되는 이야기에 더는 들어줄 에너지가 바닥이 나버렸다. 잠시 화장실을 핑계로 자리를 떴다. 그러면서 생각했다.

'내가 이상한 걸까?'

'너무 삭막하게 일밖에 모르면서 살았기 때문일까?'

'왜 나는 그들이 말하는 것에 공감할 수 없는 걸까?'

'이런 일들이 소소한 일상인가?'

낯선 이방인

종달새처럼 끊임없이 수다를 떠는 친구들 사이에서 나는 이방인처럼 느껴졌다.

어린 시절의 추억으로 돌아가 즐거워할 수도,

조잘조잘대는 친구들 마음 안으로 들어갈 수도,

이러지도 저러지도 못하는 나의 마음은 거친 파도가 출렁이듯 이리저리 흔들렸다.

나는 현재와 과거 어느 곳에도 발을 딛을 수 없는 이방인처럼 느껴졌다. 이리저리 폭풍에 휩쓸려 다녔다. 종종 사람들과 만나면 접속되지 못하는 소외감을 느끼곤 했다.

왜 무리 속에서 홀로된 소외감을 느낄까?

즐겁게 좌중을 흔들고 있는 친구처럼 주목받고 싶은 걸까?

존재감이 없는 듯한 자신의 모습이 싫은 걸까?

나는 임기응변도 약하고 순간의 재치도 부족하다. 상황에 맞는 재치 있는 말은 더욱 생각나질 않는다. 겨우 이야기할 주제를 찾았을 때는 이미 그 상황이 지나고 친구들은 다른 주제로 넘어간 후였다. 어느 순간 '꿔다놓은 보릿자루'처럼 아무 말도 하지 못하는 존재감 없는 유령이 되곤 했다. 나의 집단 안에 외톨이인 듯한 소외감은 점점 더해졌다.

제 자리로 찾아가기

내가 느끼는 '소외감'은 남다른 것이었다. 남들이 따돌린 것이 아니라 스스로를 소외시켰다. 참여는 했으나 그룹에서 어울리지 못하고 다른 영역에서 맴돌고 있다고 느꼈기 때문에 오는 소외감이었다.

나는 살아가면서 소외감을 느낀 적이 많았다. 그런 상황을 받아들일 준비가 필요했다. 무리 속에서 자신이 어떻게 비춰질까 고민하기보다 나의 목소리에 집중하며 지금 원하는 것에 집중하는 것이 필요했다.

'소외감은 느껴도 괜찮아… 무리 속에서 조용해도 다 괜찮아….'

'사람이란 겉으로만 보이는 것에 집중할 뿐, 깊게 알려 하지 않아…'

'말을 못 하겠으면 말을 안 해도 돼, 말을 잘한다고 잘 어울리는 것은 아니야…'

나는 소외와 친해지는 방법을 알아냈다. 사람들이 재미있다고 말하는 것을 들었을 때 그들을 관찰하려고 노력했다. 그 일에 집중하는 것이 내가 사람들과 어울릴 방법이었다. 나를 소외시키지 않으면서도 무리 속에서 내 마음을 지키는 가장 좋은 방법이었다.

여우의 꿈

우리 순둥이

"난 여우가 되고 싶어."

"꼬리가 3개 달린 여우가 되고 싶어."

"여우가 되면 뭐가 좋은데?"

"지금과는 다른 삶이 있을 것 같아…"

나는 엄마와 형제들에게 순둥이라고 불렸었다. 특히 엄마는 나를 부를 때마다 "우리 순둥이, 우리 순둥이"라고 하셨다.

"우리 옥이는 순둥이야. 첫돌이 되기 전 아이를 둘러업고 밭일하러 가면 순둥이가 있는지 잊어버려. 젖 달라고 울지도 않아. 저런 순둥이가 벌써 커서 시집을 가요."

녹음기를 틀어놓은 듯 엄마의 멘트는 변함없다.

어느 순간 순둥이란 말이 싫어졌다. 순둥이가 지금까지 나의 삶을 지배해온 것 같았기 때문이다. 순둥이란 말을 생각하니 착한 사람, 배려심 많은 사람, 참을성 있는 사람, 자기주장이 없는 사람, 멍청한 사람, 어리석은 사람, 남에게 쉽게 보이는 사람, 똑똑하지 못한 사람 등… 나 자신을 말하는 것 같았다.

난 여우야

나는 독백처럼 최면을 걸었다.

"난… 여우가 될 거야!"

내가 여우가 되고 싶다는 욕심을 낸 것도 결혼 후 20여 년이 지난 후였다. 내가 욕심을 가진다고 곰 같은 순둥이가 즉시 여우로 변해지는 것은 아니었다. 하지만 여우가 되고 싶다는 열망이 강해지자 내 삶의 변화는 새싹이 돋아나듯 조금씩 나타나기 시작했다.

나는 곰순둥이에서 여우가 되기 위해 해야 할 일의 목록을 만들었다.

남편에게 싫다고 표현하기, 일하지 않고 쇼파에서 대자로 눕기, 남편에게 청소 부탁하기, 외출할 때 당당하게 말하기, 내가 원하는 것을 요청하기, 아프면 아프다고 말하기…. 목록을 적다 보니 이런 내 모습이 너무도 작고 초라해 보였다.

"이런 일상적인 말도 못 해."

"뭐… 이런 바보가 있어."

"도대체 나는 지금까지 어떻게 살고 있었던 거야?"

마음속 깊은 곳에서 나는 혼자 그것을 견디고 있는 어린아이를 만났다. 더 이상 숨을 쉬고 살 수 없다고 울지도 못하는 아이와 마주한 후 내 삶은 바뀌기 시작했다. 대부분 사람은 자신이 좋은 사람, 착한 사람이라고 생각하며 살아간다. 나도 스스로를 아주 좋은 사람이라고 생각했었다.

"나는 엄마, 아내, 며느리, 책임자, 팀장이니까… 나만 참으면 괜찮을 거야, 내가 좀 더 부지런히 하면 상황이 좋아질 거야!"

그녀 자신은 어느 곳에도 없었다. 수많은 시간 자신을 소홀히 방치한 것이다.

착한 아이를 넘어

착한 아이 콤플렉스를 말했던 심리학자 융은 "모든 어른 속에는 항상 무엇인가가 되어야 하고, 아직 그 형성 과정이 덜 된 상태로 존재하는 어린아이가 있다."고 말했다. 그래서 인격의 발달은 평생에 걸친 과정이다.

착한 아이 콤플렉스란 가족제도의 틀 안에서 자신의 고유하고 진정한 자아로 살지 못하고, 콤플렉스라는 정신기제를 가지고 착한아이 역할로만 살려 하는 정신적 역학이다.

'착한 아이 콤플렉스'가 있는 사람들은 결국 억눌린 분노, 용서하지 못하는 마음과 불안이 쌓이게 된다고 한다.

나 역시 내면의 억눌림과 고통에 자라지 못한 작은아이를 마주하게 되었다.

"미안해, 내가 몰랐어, 내 안에 허리와 고개도 들지 못하고 웅크리고 있던 네가 있었다는 걸 정말 몰랐어…"

겉모습은 어른이었지만 속 모습은 작은아이였던 자신을 보듬어주기 시작했다. 내면의 작은아이는 나만이 회복시킬 수 있었다.

나는 작은아이를 알아야 했다. 사람에 관한 공부를 하기 시작했다. 어떨 때 작은아이가 아파하는지, 어떻게 하면 기뻐하는지, 지금까지 해왔던 일상과 반대되는 일들을 시도하기 시작했다.

"못해요, 어려워요, 해주시겠어요, 싫어요. 시간이 없어요. 빌려주세요, 화가 나요, 힘들어요."

내가 사용하지 못했던 말들을 밖으로 토해내는 연습을 했다.

이런 말들이 나의 입에서 힘을 얻자 나의 행동과 주변 환경이 달라지기 시작했다. 어느덧 나의 작은아이는 허리도 곧고, 고개도 반듯하게 세울 수 있게 되었다. 작은아이는 여유롭게 웃으며 이제 자유롭게 세상을 넘나들고 있다. 작은아이를 넘어 내가 바라는 그 모든 것들에 자유의 날개를 달았다.

기다림도 사랑

하염없는 기다림

누군가를 위해서 하염없이 기다리는 것도 사랑의 일종일까?

아픈 사람을 위해 곁에 있어 주고, 대신 아파줄 수 없지만 그저 하염없는 기다림 속에 함께 하는 시간, 이런 것도 사랑일까?

밤 11시 남편은 두 손으로 가슴을 감싸 안고 땀을 뻘뻘 흘리면서 힘겨워한다.

"여보, 나 도저히 못 참겠어."

나는 허둥지둥 119에 전화를 걸고 앰블런스를 타고 남편과 성모 병원에 도착했다. 응급실의 속절없는 기다림이 시작된다. 숨 막히는 고통의 현장이다. 고막을 찢는 사이렌 소리, 애가 끓는 통곡 소리, 엄마를 찾는 아이의 애절한 소리, 그 기다림의 시간은 피를 말리게 한다. 응급실을 자주 드나들어서 익숙할 만도 한데 여전히 이곳에 오면 숨이 막힌다. 남편은 신장 이식 후 응급실을 찾는 일이 많아졌다. 나의 기다리는 시간은 아무리 시계를 들여다봐도 움직이지 않는 더딘 초침 같다.

나는 남편이 누워있는 침대 옆 보조 의자에 앉았다 일어났다를 반복한다. 잠자고 있는 남편의 헬쑥하고 초췌한 얼굴을 물끄러미 내려다본다.

마음이 끊어질 듯 아려온다. 35년의 결혼 기간에 수많은 풍파의 흔적을 보여주는 것 같다. 안쓰럽고 불쌍한 생각이 밀려온다. 남편이 가엾은 마음이 들기 시작하면 철이 들어간다던데, 이제서야 나도 철이 드나 보다.

간절한 기다림

간호사의 발소리에 화들짝 정신을 차린다.

"00님 검사실로 올라갈 시간입니다." 다음 단계를 알려주는 간호사의 목소리는 가뭄 끝에 내린 단비와도 같다. 10시간 만에 기본 검사를 마치고 심혈관 검사실로 행한다.

이곳에서의 기다림은 응급실의 모습과 사뭇 다르다. 응급실에서는 우왕좌왕 혼쭐 빠진 듯 헤맸는데 심혈관 검사실의 긴 복도에는 정적만이 감돈다. 나의 숨소리와 침을 넘기는 소리마저 크게 들린다. 두 눈을 꼭 감고, 두 손을 모아 기도를 하는 사람, 묵주를 한 알 한 알 넘기는 사람, 앉아 있는 것이 불안한지 이러저리 몸을 움직이는 사람, 저마다의 소원을 품고 기다리는 사람들….

나는 지금 어떤 마음으로 기다리고 있을까?

남편과 함께했던 수많은 시간이 주마등처럼 스쳐 지나갔다.

35년 결혼의 역사를 영상으로 돌려본다. 가진 것이 몸밖에 없다며 자신의 몸을 돌보지 않고 소진만 했던 남편이다. 가족은 남편의 전부였다. '지금까지 가족이란 울타리를 견고하게 만들어줘서 고맙다. 소진된 당신의 몸을 다시 채워놓아야겠다.'

가족이란

직장에 다니고 있는 두 딸이 반차를 내고 병원으로 왔다. 한달음에 달려온 딸들이 고맙고 든든하다. 방금 전까지만 해도 공허함과 슬픔으로 가득했던 나의 마음에 환한 불이 켜졌다. 두 딸의 해맑은 얼굴을 보는 순간 내 마음은 감사와 기쁨으로 가득 찼다.

가족의 울타리란 이런 것인가보다. 감당할 수 없는 어려움이 닥쳤을 때, 한달음에 달려와 시간과 마음을 같이 해주는 것이 가족이다. 서로를 의지하며 가족의 소중함을 다시금 깨닫는 시간이다.

"아빠 퇴원할 때 운전하기 어려우니 저희도 기다렸다 같이 갈게요."

큰딸의 말에 자식을 키운다는 보람이 이런 마음이구나, 훌쩍 커서 어른스럽게 말하니 두 딸이 고맙다.

남편은 수술은 하지 않고 약물치료를 하기로 했다. 퇴원 시간이 정해졌다. 앞으로 6시간 후인 오후 10시 30분 동맥 지혈을 점검 후 퇴원하기로 했다. 정해진 시간을 기다리는 것은 길고 지루했다.

드디어 간호사 약속한 10시 30분이 되었다.

"환자님, 지혈이 아직 안 되어 2시간 후에 다시 봐야 할 것 같아요"

간호사의 말에 갑자기 나의 마음이 다시 요동을 친다. 불안한 듯 심장이 꿍꽝거린다.

'왜일까?'

나에게 물어본다. '무엇이 당신을 괴롭히는가?'

두 딸의 모습이 떠오른다. 내일 출근해야 할 텐데, 고생하는 것 같아서 미안한 마음이 든다. 시간 약속을 지켜주지 않던 간호사에게도 괜한 심통이 난다. 두 딸에게 미안한 마음으로 전화로 이야기했다.

"아빠가 동맥 지혈이 아직 안 되어 2시간 정도 더 기다려야 된다네. 시간이 너무 늦어져서 내일 출근하는데 괜찮을까?"

"엄마, 걱정하지 마세요. 당연히 아빠를 기다려야죠."

그저 하염없이 기다릴 수 있는 가족이란 울타리에 감사하다. 아무런 목적 없이, 누군가를 위해 자신의 시간을 전부 줄 수 있다는 기다림이 감사하다. 이번 남편의 응급실 경험으로 기다림이 알려주는 값진 사랑을 알게 되었다.

안만호

미얀마에 흐르는 희망의 시내

미얀마에 흐르는 희망의 시내

"한국 선생님들, 긴급 기도해 주세요. 팔룬이 코로나로 죽어가고 있어요."

미얀마 페닐신학대학 망보이 학장의 울음 섞인 목소리가 페북 전화를 통해 들려오면서, 우리는 팔룬의 회복을 위한 긴급 기도를 시작했다.

"하나님 팔룬을 살려주세요. 그분 가시면 하나님 일이 심히 어렵습니다."

팔룬은 한국팀이 미얀마 타무에서 진행하는 일들을 총괄하는 분이다. 우리는 기도하면서 자주 팔룬의 경과를 페북을 통해 체크했는데, 2주가 지나도 차도가 없고 아무것도 먹지도 못하고 몸이 점점 허약해지면서 정신마저 오락가락한다는 소식이 들려왔다.

기도하던 우리는 팔룬에게 위로와 힘이 되고, 병원에 입원해서 치료받으라고 입원비를 보냈다. 망보이 학장을 팔룬에게 보내서 전화기를 통해 통성 기도도 했다.

그렇게 기도하기 시작한 지 한 달이 지나 팔룬이 코로나19로부터 기적적으로 회복되었다는 소식이 들려왔고, 팔룬이 "감사합니다. 제가 죽음 문턱까지 다녀왔습니다. 여러분의 기도 덕분에, 해야 할 일이 있어서 회복되었습니다."라는 전화를 받으면서 우리는 하나님께 감사를 드렸다.

팔룬이 회복되었다는 기쁜 소식이 있고 1달 후, 타무 고등학교 교장 선생님으로부터 "미얀마는 코로나19와 쿠데타 이후 학교를 비롯한 대부분의 상점들이 문을 닫았고, 학교는 선생님들 월급을 주지 못한지가 6개월째입니다. 월급을 의지해 사는 선생님들이 쌀을 사기 위해 빚을 내기도 어려워진 형편입니다. 그런데 한국에서 학교에 지원금을 보내주셔서 그것으로 선생님들 월급을 지원했습니다. 너무 감사합니다. 어려운 시기에 도와준 은혜를 잊지 않겠습니다. 하는 메시지가 왔다.

"도대체 이게 무슨 말이야? 우리가 미얀마 학교에 비용을 보낸 적이 없는데?" 우리는 어안이 벙벙해서, 망보이 학장에게 연락해서 사연을 물었더니, "한국에서 위로차 보내준 비용으로 팔룬이 병원에 입원하려고 갔는데 병원에서 퇴짜맞고 집으로 돌아왔습니다. 그런데 팔룬이 다행히 코로나19를 이겼습니다. 팔룬이 하나님께 감사하다면서, 그 비용을 한국팀이 학교를 지원하라고 보냈다고 하면서 학교에 전달한 것입니다." 평소 팔룬의 위인됨이 신실하고 성실해서 한국팀이 믿고 일할 수 있었는데, 이런 소식까지 듣고 보니 고개가 절로 숙여질 뿐이다.

그로부터 얼마 지나지 않아서 교장 선생님으로부터 전화가 왔다. "지금은 학교가 문을 닫아 운영할 수 없지만, 한국팀이 선생님들을 지원해준 것에 대한 감사의 보답으로 선생님들이 어려운 형편에 있는 학생들을 방문하여 가르치기를 시작했다."고 하신다. 그 후 교장 선생님이 또 전화해서, "정부에서는 공식적으로 수업을 허락하지 않지만, 방문 수업을 하다 보니 혼자서 공부할 수 없는 가난한 학생들이 많아, 이 학생들을 학교로 불러 수업을 시작했다."고 하신다. 정부에서는 선생님들 월급을 지급하지 못하고 있고, 선생님들도 내일 먹을 식량이 없지만, 가난한 학생들과 고락을 함께 하시겠다는 것이다.

제자들을 위한 선생님들의 헌신이 아름다워 빛과나눔장학협회 가재산 회장님께 "회장님, 선생님들이 월급도 못 받으면서 우리 장학생들을 교육하고 있다는데, 미얀마 학교가 정상화될 때까지 선생님 3분의 월급과 학생들 학용품 비용과 간식비라도 지원하면 어떨까요?" 말씀을 드렸더니, 가 회장님이 "그래요? 우리 장학생들을 가르치는 선생님들이 헌신하는데, 돈이 없으면 만들어서라도 지원해야지요." 지금은 미얀마가 어둡고 고단한 시기이다. 미얀마 선생님들의 헌신과 빛과나눔장학협회의 지원으로 미얀마의 꿈나무들이 내일을 열어가고 있다는 소식에 우리가 큰 위로를 받는다.

쿠키족의 마을 타무와 모레 여행

"콰르르르" 비행기 착륙하는 소리가 반갑다. 내가 탄 비행기는 델리를 출발하여 4시간 만에 제2차 세계대전 당시, 연합군과 일본군의 전투 현장을 고스란히 간직한 인도의 마니푸르주 임팔 공항에 도착했다. 임팔은 평지가 10%, 산이 90%로 사방이 산으로 둘러싸인 아름다운 분지 도시이다. 임팔에 함께 가자던 김운태 대표의 "다음에는 꼭 함께 갑시다."는 음성이 서울에서 들려오는 듯하다.

공항 문을 나서니 영국에서 와서 미리 와서 기다리던 데이비드, 데이비드의 부인 티누, 티누 곁에 한국인이 없는 한국인과 너무 닮은 한 분이 만면에 환한 웃음을 지으면서 손을 흔들어 반기고 있는 모습에 입이 귀에 걸린다.

"브라더!"

"브라더!"

한 손으로는 데이비드의 두터운 허리를, 한 손으로는 티누와 손을 마주 잡고 반가워하는데, 데이비드가 함께 온 분을 향하여, "로밧, 나와 같은 쿠키족이며 내 가까운 친척이고, 임팔 고위 관리이며…" 장황하게 동행하신 분 소개를 마치고, 영국으로 돌아갈 티누를 뒤로하고, 로밧의 차로 임팔 공항에서 우리의 목적지 모레로 향한다.

미얀마의 쿠키 고아원

미얀마 타무라는 소도시에 쿠키 고아원이 있다. 쿠키 고아원 OBS는 데이비드의 말처럼 이룰 수 없는 꿈을 위해 미얀마와 인도에서 투쟁하다 부모가 죽거나 아버지가 죽은 별들이 모여 사는 곳이다.

미얀마 타무 지역 출신으로 영국 성공회 주교인 데이브드로부터 쿠키 고아원을 도와달라는 요청으로, 5명의 한국인들이 타무에 있는 쿠키 고아원을 처음으로 방문했던 때가 2014년 봄이었다. 1945년 제2차 세계대전 이후 타무를 방문한 외국인으로는 우리 한국팀이 처음이란다. 타무를 비롯한 미얀마 쿠키족의 땅은 2차 대전이 끝나면서 쿠키족의 독립운동 지역이라 외국인 출입을 철저히 금지하다가, 2013년부터 여행 가능 지역으로 변경되면서 우리가 외국인으로는 처음으로 타무 땅을 밟았던 것이다.

2014년부터 매년 3~4회 정도 한국팀이 타무를 방문하면서, 세월의 흐르면서 타무 방문객이 많아졌다. 방문객들 중에는 타무 지역에 필요한 전문 분야, 관심 분야의 사람들이 있어서, 그 분들과 타무 분들과 만남이 이루어지면서 여러 가지 일들이 일어나기 시작했다. 고아원에 식량을 공급하는 팀들, 고아원과 인근 학교에서 미술, 음악, 퍼실리테이션을 가르치기 시작한 팀들, 미얀마가 전기 보급률이 30% 이하인 지역이라 전기 공급을 위해 태양광을 보급하기 시작한 팀들이 생각났다. 2020년에 발생한 코로나19와 2021년 미얀마 군부 쿠데타로 한국인들과 미얀마인들이 협력하는 일들의 양상이 코로나19 이전과 크게 달라졌다.

2014년부터 7년 동안 연중 3~4차례, 2~4주 동안 방문을 통해 진행하던 다양한 일들이, 코로나와 쿠데타로 미얀마 방문이 불가능해지면서, 그동안 양육되고 관계 맺은 현지인 중심으로 재편되기 시작했다.

성복교회와 안옥희 팀이 고아원을 체계적으로 돕기 시작했고, 이재영 팀이 현지 중고교사단과 협력하여 장애인들과 빈민가 구제활동을, 덕신교회가 페닐신학교 학생들과 협력하여 교회들과 공공장소, 학교에 태양광 보급을, 청원전력에서 타무전기직업학교를, 엘림에서 싱글맘을 위한 미싱직업교육을, 슈페리어에서 일반인들을 위한 미싱 직업교육을, 빛과나눔장학협회에서 청소년을 위한 한글 교실과 장학 교실을 타무에 이어 양곤까지 확장해서 운영하기 시작했고, 디지털글쓰기협회에서는 미얀마 청년을 위한 희망 작가교실을, 영락온누리약국에서 양곤과 타무에 무료 약국을 개설하여 운영하는 등, 미얀마가 가장 어려운 시기에 한국인들은 미얀마 사람들의 고난에 작으나마 함께했으며, 그것이 미얀마 타무를 비롯하여 많은 분에게 희망이 되고 있다.

쿠키족

임팔 시내를 벗어나 평야 지대를 1시간쯤 달리니 앞에 큰 산이 버티고 있는 산속 길로 들어선다. 굽이굽이 돌고 돌아 산 정상 부근으로 올라갔나 했더니, 정상 부분부터 사방으로 끝없이 펼쳐진 높고 낮은 산, 산, 산. 끝없이 펼쳐진 산봉우리, 산기슭이며, 골짝 골짝에 크고 작은 산마을들이 한눈에 들어온다.

"와, 산이 끝이 없이 장엄하다! 이 산 이름이 뭐지?"

"테이노플산이라고 해, 쿠키족의 땅이야. 보이는 마을들이며, 산지 사방에 살고 있는 사람들이 모두 쿠키족들이야."

"쿠키족이 인도에도 많이 살아?"

"쿠키족은 아라칸산맥과 친드윈 강변을 따라 미얀마 북서부와 인도 동북부 지역인 마니푸르, 미조람, 나갈랜드주와 인도 국경의 방글라데시까지 분포되어 있어."

"쿠키족 땅이 3국에 걸쳐 있다고? 엄청 넓다!"

"땅이 넓고 기름져서 나라를 이루기에 부족함이 없는데, 산속에 살다 보니, 인구밀도가 낮고, 예나 지금이나 교통이 너무 나빠서 서로 연합이 어려웠어. 그러던 쿠키족 땅이 어느 날 인도와 미얀마로, 그러다가 방글라데시로 나누어졌네. 우리 쿠키족은 한국처럼 슬픈 민족이야. 쿠키족 땅이 지금은 3개 나라로 나누어져서, 이룰 수 없는 쿠키국 독립을 꿈꾸며 투쟁하면서 인도, 미얀마, 방글라데시로부터 억압받고, 외면받고, 핍박받는 비극적인 민족이야. 쿠키 보육원도 그래서 생겼고."

인도의 쿠키 보육원

타무는 한국 사람들이 타무를 방문하던 2014~2020년까지는 평화로웠다. 그런데 2021년 군부 쿠데타가 일어나면서, 타무는 사가잉 지역에서도 가장 치열한 내전의 핵심 지역이 되었다.

미얀마 쿠데타를 반대하는 소수민족의 항쟁이 쿠키족의 독립 본색에 기름을 부은 것일까? SNS를 통해 타무의 우리 친구들이 죽었다, 부상당했다는 소식이 들리더니, 급기야는 타무의 쿠키족들이 정부군과 대규모 전투를 하면서, 시가지가 불타고 사람들이 많은 분이 죽거나 부상 당하고, 상당수의 쿠키족이 타무와 마주하고 있는 인도의 쿠키족 도시 모레로 피난 갔는데, 보육원도 통째로 피난 갔다는 소식이 들려왔다.

코로나와 미얀마 쿠데타 시기에 오히려 더 힘을 다해 미얀마를 돕고 있는 한국팀은 피난 간 보육원을 지속적으로 지원했다. 처음 피난 갔을 때는 적어도 1년 후에는 귀환할 거라고 생각했는데, 1년이 지나고부터 귀환 가능성은 멀어지고 고아들 삶은 말도 못하게 어려워졌다. 한국팀은 영국의 데이비드팀과 의논해서 난민 지역 모레에 피난 간 고아들을 위한 보금자리를 새로 건축하기로 했다.

2022년 9월 15일, 한국팀과 영국팀이 인도 마니푸르주의 모레에서 만나 인도 쿠키 보육원 기공식을 했다. 2023년까지 여학생 기숙사 겸 식당과 남학생 기숙사 겸 채플부터 짓기로 하고, 여학생 기숙사 기공식부터 시작했다.

기공식에는 한국에서, 영국에서, 난민 주민들이 참석했다. 한국팀이나 영국팀에 비용이 준비된 것은 아니지만, 시작이 반이니 시작부터 하자고 했는데, 한국팀의 시작 자금은 인천 청운교회에서 지원해주었다.

2014년부터 지금까지 한국인들과 미얀마인들이 타무 쿠키 보육원을 통해 이루어지고 있는 아름다운 사연들이 이제 인도의 가장 변두리 지역 소도시 모레를 통해 이렇게 시작되었다. 모레 지역에 한국인들의 발걸음이 이어지면서 난민들, 난민 청소년들의 희망도 꿈틀거리며 커 가겠지.

버리자. 쓰자, 그까짓 거!

초판 1쇄 인쇄 | 2023년 7월 05일
초판 1쇄 발행 | 2023년 7월 13일

지은이 | 문성미 외 6인
펴낸이 | 김용길
펴낸곳 | 작가교실
출판등록 | 제 2018-000061호 (2018. 11. 17)

주소 | 서울시 동작구 양녕로 25라길 36, 103호
전화 | (02) 334-9107
팩스 | (02) 334-9108
이메일 | book365@hanmail.net

인쇄 | 하정문화사

ⓒ 2023, 문성미 외 6인
ISBN 979-11-91838-16-9 03810